23 MOTIVOS PARA NÃO SE APAIXONAR

GABIE FERNANDES

23 MOTIVOS PARA NÃO SE APAIXONAR

(ou para amar ainda mais)

OUTRO Planeta

Copyright © Gabie Fernandes, 2020
Copyright © Editora Planeta do Brasil, 2020
Todos os direitos reservados.

PREPARAÇÃO: Alice Ramos
REVISÃO: Nine Editorial e Fernanda França
PROJETO E DIAGRAMAÇÃO: Nine Editorial
CAPA: Eduardo Foresti / Foresti Design
ILUSTRAÇÕES: Nestor Jr.
TRATAMENTO DE IMAGEM: Wagner Fernandes

DADOS INTERNACIONAIS DE CATALOGAÇÃO NA PUBLICAÇÃO (CIP)
ANGÉLICA ILACQUA CRB-8/7057

Fernandes, Gabie
 23 motivos para não se apaixonar / Gabie Fernandes. – São Paulo: Planeta, 2020.
 160 p.

ISBN 978-65-5535-155-2

1. Amor 2. Relacionamentos I. Título

20-2712 CDD 128.46

Índices para catálogo sistemático:
1. crônicas: ficção

Acreditamos
nos livros

Este livro foi composto em Monarcha e impresso pela Gráfica Santa Marta para a Editora Planeta do Brasil em setembro de 2020.

2020 Todos os direitos desta edição reservados à
EDITORA PLANETA DO BRASIL LTDA.
Rua Bela Cintra 986, 4º andar – Consolação
São Paulo – SP CEP 01415-002
www.planetadelivros.com.br
faleconosco@editoraplaneta.com.br

Dedicatória

Este livro é dedicado à minha mãe, Juci, que me ama mais do que eu posso escrever e mais do que eu já pensei em merecer.

Ao meu irmão, Emmanuel, que me enche de amor desde 1995.

E ao meu amor todo – minha inspiração, meu melhor amigo e parceiro – Bryan Behr.

Amo vocês de todo o meu coração.

Se por acaso a vida desgastar
A gente muda a casa
Troca as coisas de lugar
Conspira pro universo conspirar
E o que falta, sobrará

Não há por que temer o amor
Não há por que temer gostar

Bryan Behr

Sumário

1. Amor goela abaixo 17
2. Amor de *Instagram* dura menos que um *stories*, né? 21
3. Amor não é mágica, amor é escolha 25
4. O amor dá medo. Ele pode machucar 29
5. Amor é guerra 35
6. Pode parecer-se com amor, mas às vezes é falta de autoestima 39
7. O amor é lindo... no começo. 47
8. Essa história de alma gêmea é mentira 55
9. Terminar dói! Nem comece 63
10. Traição é só questão de tempo 71
11. No fim, é tudo sobre comodidade 81
12. O amor é instável: muda o tempo todo 89
13. Tá apaixonado? A ciência explica 93
14. Não se aprende a amar 99
15. Só se pode amar uma vez? 105
16. Nada é para sempre 109
17. "É uma cilada, Bino!" 117
18. A era do *fast love* 121
19. Se apaixonar é a parte fácil 129
20. O mundo é dos amantes 137
21. O amor não é mais o mesmo 141
22. O amor da vida real é menos bonito 147
23. Não se pode explicar o amor 155

Então, por quê?

Pra mim, tudo tem que ter um porquê. Desde criança eu sou assim: curiosa. Às vezes, até um pouco chata, sempre em busca de saber o motivo de tudo e de todas as coisas: por que o mar é salgado? As abelhas fazem mel para quem? Por que os pássaros voam? Por que as pessoas amam? Assim, minhas perguntas iam, de adulto em adulto, tirando muitas vezes a paciência de grande parte da família.

Mas eu sou assim: tudo pra mim tem que ter uma razão. E com este livro, não seria diferente. Este livro tem uma razão muito especial!

Em uma dessas minhas jornadas malucas sobre autoconhecimento, eu acabei me matriculando em aulas de *biodanza*. Se você não sabe o que é *biodanza*, tudo bem! Nem eu sei direito e já fui a algumas aulas. Mas, de forma bem resumida, é uma série de exercícios com música que visa ajudar na integração, na socialização e na cura de problemas internos, com base em várias vivências, por meio de movimentos de dança acompanhados de música.

Ao chegar à sala de aula pela primeira vez, encontrei uma roda de conversa. Então, eu me apresentei, achando aquela situação um pouco boba. *Mas fui, né? Já estava ali mesmo.* Resolvi que estaria disposta a viver aquela experiência. O primeiro exercício era bem simples. Primeiro, era preciso caminhar pelo espaço e encontrar alguém apenas com o olhar, depois, abraçá-lo. *Nada demais.*

Eu me alonguei, tirei meus sapatos e comecei a caminhar. Ao observar aquelas senhoras – a maioria mulheres aproximadamente trinta anos mais velhas que eu – percorrendo o espaço enquanto olhavam em minha direção, de igual para igual, com um sorriso no rosto, tive uma sensação estranha na garganta, como um nó. Então caminhei mais um pouco e, a primeira pessoa que permaneceu mais de dez segundos mirando meu olhar, eu abracei. Abracei mais forte ainda, até que comecei a chorar.

Chorei litros de lágrimas! Naquele momento, toda minha inquietude, minha falta de autoestima e de confiança, todas as minhas inseguranças vieram à tona! Eu chorava nos braços de uma estranha e, por alguma razão, não me sentia constrangida por isso.

Mas não se engane, esse texto não é sobre autopiedade. Eu sempre me senti muito amada. Minha mãe sempre me deu todo o amor do mundo, assim como meu irmão e toda minha família. Na verdade, não me lembro de uma única vez em que fui dormir sem ouvir um "eu te amo" deles. Também nunca tive problemas com o meu namorado. Aliás, sinto que sou muito sortuda nesse sentido, pois namoro o maior dos românticos. Ainda assim, quando saía de casa, não sentia que era querida e especial.

O mundo lá fora me tratava com indiferença, o que para a maioria das pessoas é normal, porque *ninguém sai por aí distribuindo palavras de conforto*. Mas ali, no abraço de uma senhora estranha, eu senti todo o amor que se pode sentir. E, então, entendi que a minha condição não era única: as pessoas não pregam o amor, não sentem o amor, e não falam de amor de forma saudável. Além disso, as pessoas dividem o amor em caixinhas: amor de mãe, amor romântico, amor-próprio... Assim, param de compreender que todos esses tipos de amor se tratam de uma única coisa, um só amor – que é tão necessário! Amor é natural do ser humano. A humanidade é, na verdade, amor.

No fim do exercício, eu agradeci àquela senhora que me acolheu em um abraço mais longo dado a uma desconhecida. Depois, sorri grata. Além de me sentir querida, também percebi que falar de amor fazia parte da minha missão.

Sempre manifestei grandes julgamentos em relação ao amor, na certeza de verdades, impondo tantas condições para esse sentimento, sempre colocando-o à prova. Então, naquele momento todas as minhas convicções sobre o amor caíram por terra. Eu percebi que a única coisa que se pode saber sobre o amor... é tentar senti-lo. Portanto, reuni as 23 verdades que costumavam ser meus dogmas sobre o amor, e as quais durante muito tempo me machucaram. Ao longo deste livro, elas são desmistificadas a fim de ressignificar essas questões para mim e, claro, para você. Espero que, neste livro, possamos voltar algumas casas em nosso ego e nos enchermos de vontade de amar.

    Provavelmente, você não encontrará todas as respostas que procura neste livro, pois nem eu mesma que o escrevo, sanei todas as minhas dúvidas. Mas de algumas coisas você pode ter certeza: o mar é salgado devido aos minerais das pedras, pois, quando a água evapora para formar a chuva, o sal permanece no oceano; as abelhas produzem o mel para o próprio consumo; os pássaros voam porque têm uma estrutura anatômica para isso, como ossos pneumáticos; e, por fim, as pessoas amam porque essa é a condição primordial da humanidade: amar!

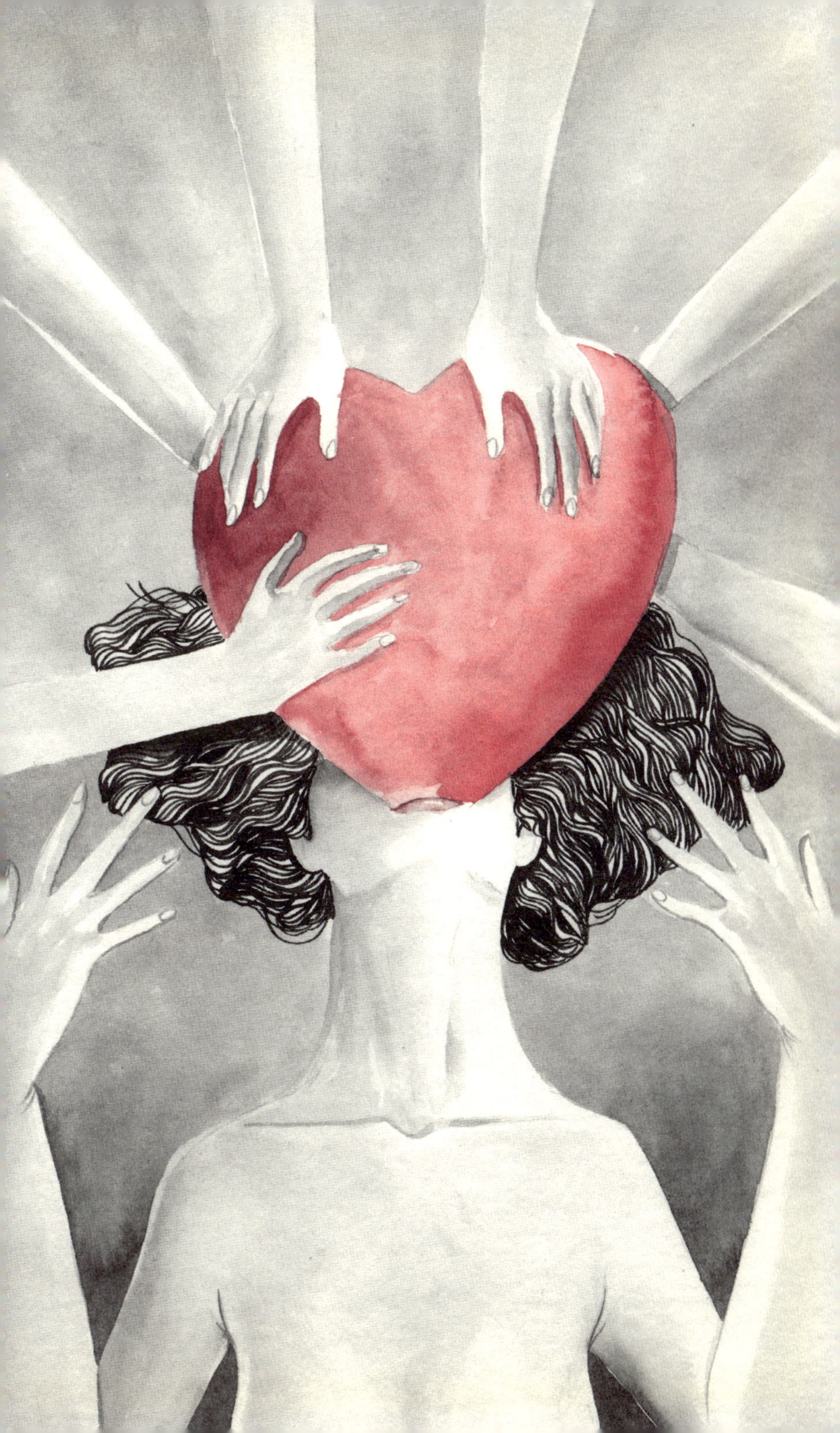

As pessoas dividem o amor em caixinhas: amor de mãe, amor romântico, amor-próprio... Assim, param de compreender que todos esses tipos de amor se tratam de uma única coisa, um só amor – que é tão necessário! O amor é natural do ser humano. Ou seja, a humanidade é, na verdade, amor.

1

Amor goela abaixo

Já parou para pensar se você ama de fato ou se simplesmente foi condicionado a isso?

Talvez a gente nem se apaixone tanto como pensa. Às vezes, pode parecer que isso acontece porque recebemos amor goela abaixo de todos os cantos. Apesar de o amor não se comprar, há quem o venda. *E a preço muito alto.*

Suponho que a cada cinco músicas que ouvimos, quatro são sobre amor. No cinema, as comédias românticas estão entre os recordistas de bilheteria. Sem contar os dramas apaixonados que fazem muito sucesso, desde as obras de John Green até o filme *Crepúsculo*. Isso acontece porque todo mundo ama uma história de paixão! Torce para o mocinho, odeia o vilão, espera que o casal, por mais diferente que seja, fique junto. Além desses apelos, há também os livros de autoajuda que ensinam a amar, a ter reciprocidade e a não se afundar nas mazelas da paixão, e que acumulam milhões de leitores. As pessoas querem consumir amor.

O amor não tem explicação, nem fundamento lógico e, por mais que seja um amontoado de reações químicas do nosso cérebro, cientificamente não há meios de comprovar porque *fulana* se apaixonou por *sicrano*. Assim, o amor se torna o mais perto que temos de mágica.

Todo mundo quer um pouquinho de amor, nem que seja uma pitada, para experimentá-lo, entendê-lo ou desfrutá-lo. Então, depois de provar, sempre se quer mais, e espera-se que ele não tenha fim: o amor é uma droga. *Entenda isso como quiser.*

Portanto, mesmo se você ler dois mil livros do Nicholas Sparks, ainda não ficará satisfeito. Ou ainda, depois de ter se afundado nas músicas da banda Sixpence None the Richer e decorado a letra de *Kiss Me*, não estará nem perto de ter abastecido a necessidade de afeto.

A carência de amor não é suprida, sempre falta alguma coisa, e há um desejo de ter mais de algo que nunca teve. E, apesar de venderem o amor romântico de diversas maneiras, não há como comprá-lo.

O amor de verdade, que não se importa com as doenças, do tipo que envelhece junto, que faz compras, que divide as contas, discute sobre política e sorri quando o outro faz um som engraçado: esse amor não se compra. Não tem em livros e nem se acha nos cinemas. É o amor que acontece no intervalo entre uma cena bonita e outra, ou depois que sobe o som em uma cena no carro, em um filme. O amor acontece quando não se está gravando, postando, pensando.

    Esse sentimento pode até ser vendido, como um produto de mercado, selecionar suas melhores partes e estabelecer um preço. Mas o amor de verdade, palpável, real, duradouro, não entra em promoção, não se encontra nas prateleiras nem tem sinopse. É importante entender, mesmo se doer, que os amores não são precificáveis, e nem tão fáceis de achar. O amor é uma peça para colecionador.

O amor acontece
quando não se está
gravando, postando,
pensando.

2

Amor de *Instagram* dura menos que um *stories*, né?

Amor tem validade, afinal?

A gente julga tudo, o tempo todo. Casais, então... pior ainda. Há sempre uma crítica ao modo como as pessoas se relacionam: se demonstram afeto demais, então é *fake*; se não demonstram nunca, não é verdadeiro; se estão juntos há trinta anos, é por comodidade; mas se acabam antes dos sete meses, provavelmente não era real. Então, afinal, o que é amor verdadeiro para a gente?

Repetimos infinitamente determinados mantras, como: "Nada no mundo é para sempre!", "Tudo passa", "Que seja eterno enquanto dure!". E a vida nos mostra todos os dias que realmente nada é infindável, estável e perene. As coisas mudam o tempo todo; transmutam, se transformam e se renovam. Apesar de essas certezas estarem bem internalizadas em nossa consciência, por que insistimos em dizer que o amor verdadeiro tem de durar para sempre? Quem nos ensinou isso? E quem segue perpetuando essa ideia?

O mito do amor eterno é tão forte que nos faz duvidar dos nossos próprios sentimentos. Quem nunca se pegou bradando aos quatro ventos que não gostava de verdade de tal pessoa, depois de um término? Nada no mundo me assusta mais do que essas afirmações.

Escolhemos negar um sentimento por causa de uma história que nos contaram, e duvidamos de nós mesmos das relações saudáveis que tivemos, de parceiros que acrescentaram na nossa história, tudo para manter vivo o amor mais forte, "posto que é chama". É difícil, mas que possamos entender, de uma vez, que toda relação tem um fim, mesmo que não chegue ao término.

Um casal de vinte anos casados, por exemplo, chegou ao fim em diversos momentos. Foi o fim de um relacionamento quando começaram a namorar, e o fim de um namoro quando casaram, depois, ao ter filhos, e também após uma briga no Natal e, novamente, chegou ao fim quando renovaram os votos de casamento na praia. Ou seja, é possível terminar inúmeras vezes sempre com a mesma pessoa de várias maneiras. Ou experimentar diferentes fases em diferentes relacionamentos. Mas que a gente não negue, nunca mais, o amor que demos e que recebemos um dia.

Esses tempos, ouvi em uma roda de amigos que o amor moderno dura menos que as 24 horas dos *stories* postados. Na hora eu ri, achei engraçado e concordei. Hoje, refletindo sobre, penso que somos prepotentes demais. Quem definiu o tempo que o amor precisa para ser considerado verdadeiro? Se for um minuto de amor real, já valeu por uma vida inteira, quiçá 24 horas.

E a vida nos mostra
todos os dias que
realmente nada é
infindável, estável
e perene. As coisas
mudam o tempo
todo; transmutam,
se transformam
e se renovam.

3

Amor não é mágica, amor é escolha

Você pode decidir se vai amar ou não, não se vitimize

O amor não trabalha em prol da realidade – como já sabemos. O amor tem um charme especial que nos conduz para o mundo da fantasia, do lúdico e dos contos de fada. Quem nunca se apaixonou por uma história cheia de personagens incríveis, beijos perfeitos e cenários deslumbrantes?

Nas histórias de casais, é comum se deparar com acontecimentos megalomaníacos, desde um príncipe subindo na torre mais alta do castelo ou uma chefe que se apaixona perdidamente pelo estagiário, até a troca de olhares entre dois desconhecidos ao derrubarem os livros um do outro no meio da rua. Porém, esses fatos chocantes e lindos em nada têm a ver com o amor, mas sim, com desejo, autoestima e ego. Afinal, a maioria das pessoas gostaria de poder contar, na mesa de bar, uma história legal de como começou o relacionamento. Mas se engana quem acha que esse desejo está relacionado ao amor. *Não está.*

O amor é o que surge depois desses acontecimentos: para onde vão os livros caídos no chão; como se desenrola a paixão entre pessoas de hierarquias diferentes no trabalho; e como a princesa recebe o príncipe.

O início mágico, surreal e surpreendente, no fim das contas, continua sendo apenas o começo. O amor mora em um lugar depois do final feliz. É claro que os primeiros encontros são sim muito importantes, mas são igualmente superficiais.

O amor verdadeiro existe se, mesmo cansado, ainda assim, se sinta feliz em ter aquela pessoa por perto, ou então se em meio ao caos é a voz dela que deseja ouvir. O amor acontece quando se entende que a outra pessoa tem tantos defeitos quanto você.

No amor de verdade também há espaço para romantismo, carinho e afeto, mas se trata muito mais sobre as escolhas que fazemos. O amor está em escolher todos os dias compartilhar a vida – que não é um conto de fadas – com alguém.

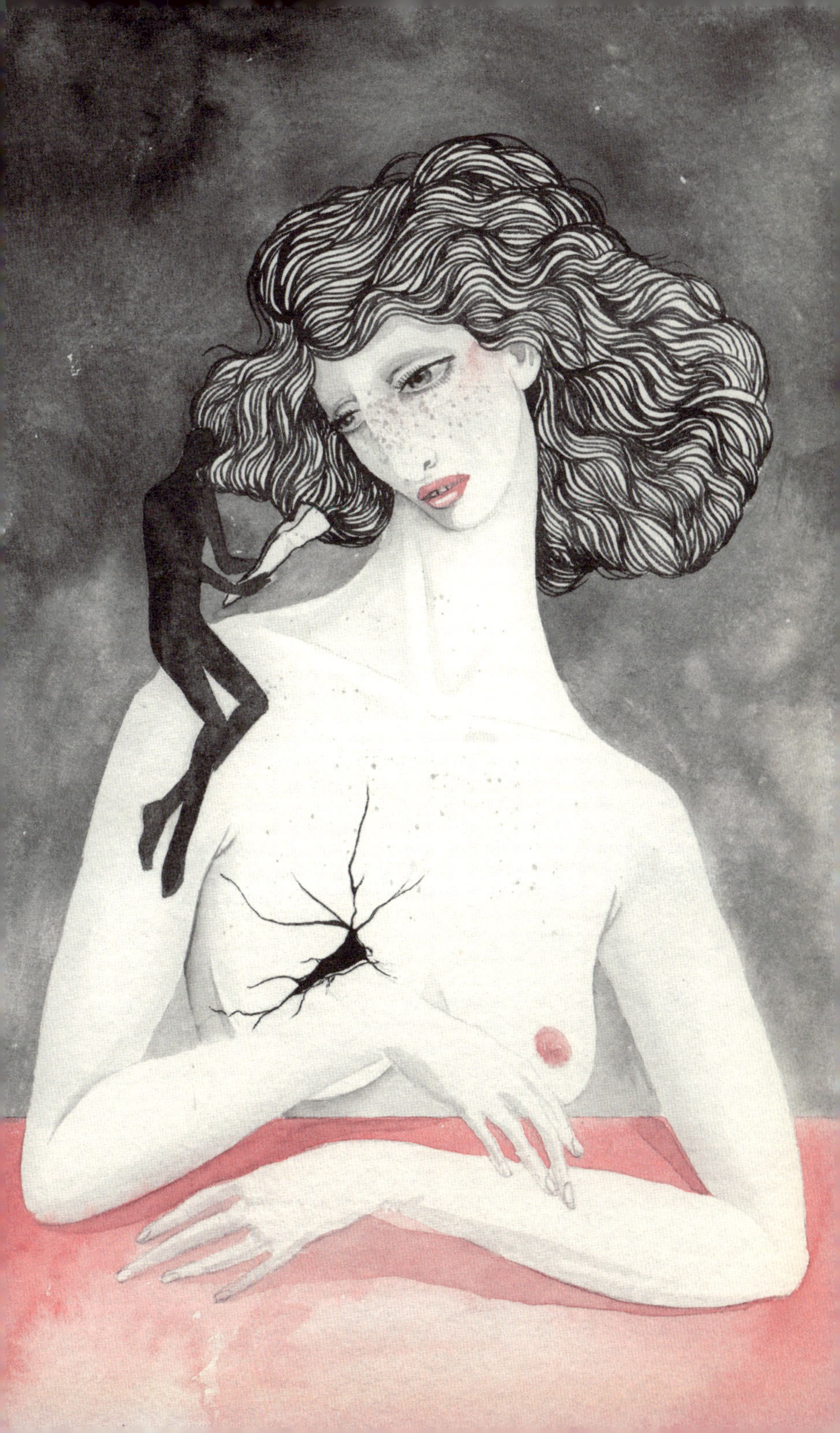

O amor verdadeiro existe se, mesmo cansado, ainda assim, se sinta feliz em ter aquela pessoa por perto, ou então se em meio ao caos é a voz dela que deseja ouvir. Enfim, o amor acontece quando se entende que a outra pessoa tem tantos defeitos quanto você.

4

O amor dá medo. Ele pode machucar

Uma carta de amor aberta

Ao longo da minha vida, eu tive amores que acabaram em nada, mas tive aqueles que acabaram com tudo. Um deles, especificamente, me transformou de maneira tão profunda que demorei exatos seis anos, nove meses e treze dias para me refazer.

Meus cacos estavam espalhados e eu não sabia como encaixá-los. Então, eu me acostumei com eles fora do lugar. Passei anos achando que era normal se sentir assim, e que todo mundo era incompleto mesmo, com um caco ou outro faltando no quebra-cabeça final.

Então, ele apareceu! E eu não queria ir junto, mas fui.

Ele tinha jeito de menino e, por isso, não servia para mim, lhe faltava uma cara de mau e umas tantas tatuagens. Além de ter um jeito manso, e falar muito também. Então não servia para mim, sou elétrica e falo pouco.

Os cabelos eram cacheados e o coração bom, mas eu ainda não acreditava que daríamos certo. Assim, com a risada solta e o sorriso mais aberto para o mundo que já vi, ele não servia para mim, mas eu não tinha mais desculpas.

Comecei a achar que ele não servia para mim apenas porque eu tinha muito medo de que ele se encaixasse perfeitamente com quem sou. Fiquei com tanto medo de ele se tornar importante, e resolver fazer morada para depois bater asas para longe e levar os poucos cacos que consegui encaixar. *Eu tive medo.*

Para ficar com ele, era preciso deixar minha dor de lado, encarar o incerto e viver. Mas eu tinha cultivado minha mágoa por esses seis anos. *E ela era forte.* Ela estava comigo havia tanto tempo, que eu pensei que fizesse parte de quem eu era. Mas, se eu não a deixasse ir embora, não haveria espaço para ele.

E como eu poderia seguir sem ouvir as suas histórias, suas músicas, seu riso alto, ou sem ouvir seu gemido de satisfação com qualquer garfada de comida que ele põe na boca, e também sem fingir que não acho engraçadas as piadas que ele conta? Seria difícil continuar sem dançar com ele de forma desajeitada, sem sentir o cheiro que só ele tem, sem ouvir o disco do Caetano – aquele que somente ele sabe qual é –, para cantarmos a primeira faixa juntos, e ainda sem rever *Friends* como se fosse novidade?

Não dava mais para seguir sem aquela companhia. Parecia ser mais doloroso do que todos os seis anos que passei com aquela mágoa em mim.

Então, resolvi que não passaria nem mais um dia sem chamá-lo de amor, e reivindiquei meu direito a felicidade.

Decidi ser leve, mesmo que isso não leve a nada, e mesmo que leve tempo.

Joguei fora a minha angústia, agradeci o aprendizado, e segui em frente. Agora, costumo rir sozinha: "Ele não servia pra mim!". *Que bobagem!*

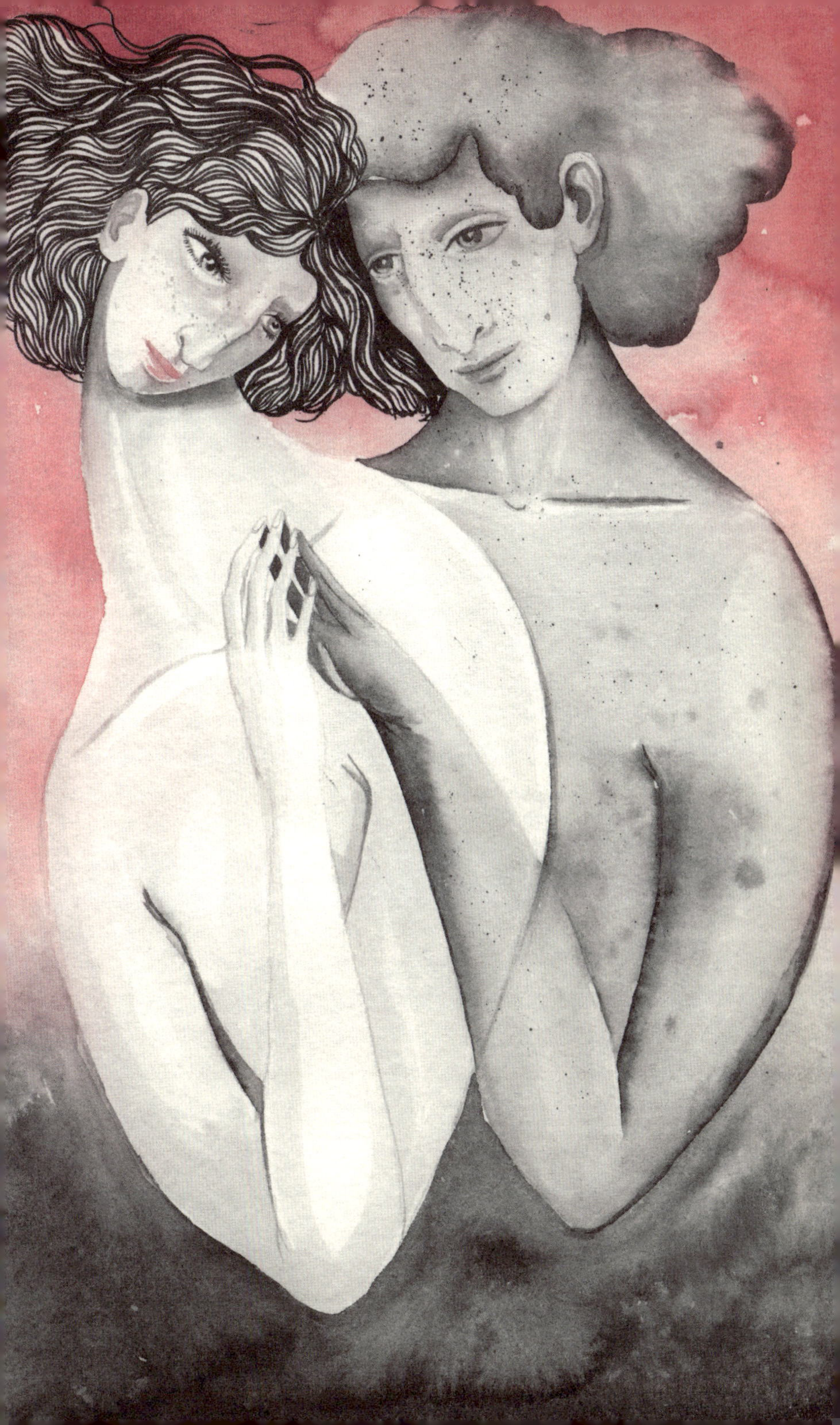

Comecei a achar
que ele não servia
para mim apenas
porque eu tinha
muito medo de que
ele se encaixasse
perfeitamente
com quem sou.

5

Amor é guerra

Se quer tranquilidade compre um peixe-beta

Sei que o que mais se deseja por aí são relacionamentos padrão, corretos e, por que não, normais. A maioria das pessoas deseja uma família que se pareça com as dos comerciais de margarina. Mas o que eu desejo para todo mundo é um amor transgressor.

Não precisa ser do tipo revolucionário, que diz não às amarras do relacionamento monogâmico e viaja pelo mundo vivendo somente de amor. Ou pode, se preferir! Você é quem sabe! De qualquer forma, ele precisa ser anárquico, sem regras, rebelde.

Quanto à rebeldia, eu me refiro àquela do tipo que transa na sala mesmo com alguém dentro do quarto, e que geme baixo para ninguém ouvir e esboça um sorriso de cumplicidade ao menor sinal de perigo. Também ser rebelde ao ousar ouvir Caetano no último volume depois das 22h, pouco se importando com o vizinho do apartamento 404. *Que se dane, ele também faz barulho!*

Que seja um amor que chore de saudade mesmo se ainda estiver perto, que se aperte e que goste de sentir a pele na pele, que se abrace como se fosse a última vez, ou que perca algum tempo escolhendo uma *playlist* para o banho. Espero que seja um desses que marcam encontros às quartas para ver o nascer do sol assim, no meio da semana mesmo, e ir direto para o trabalho sem dormir. Amores que riem e bebem, e também que bebem e choram. Aqueles que têm arranhões depois do sexo, que gritam desvairados os trechos de qualquer música, quando estão dentro de um carro. Amores que param em lanchonetes de beira de estrada, comem coxinha juntos, mas que também topam o risoto daquele restaurante caro.

Eu espero que você encontre o tipo de amor que tenha piadas internas, que faça careta, fale bobagens, e que abra a caixa de Pandora e não tenha medo de compartilhar os maiores "podres" que um ser humano possa carregar. Desses amores que falam palavrões, e se agarram o tempo todo sem vontade de soltar.

O amor tem de ser uma aventura: a maior delas! Não há espaço para a passividade no coração, nem se fica em cima do muro. Não existe centrão.

Amar é político-radical!

Amor é aqui e agora!

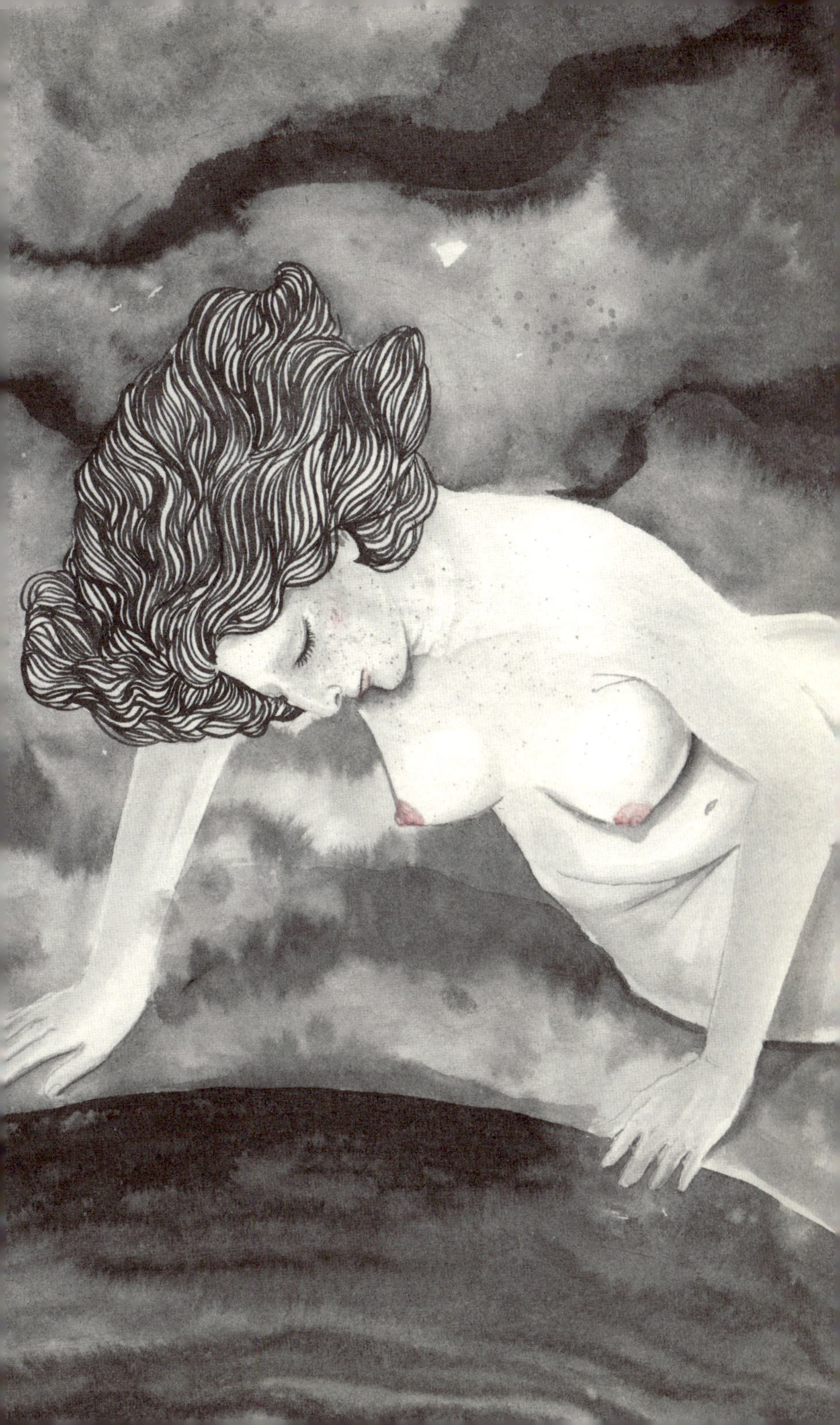

O que eu desejo
para todo mundo
é um amor
transgressor.

6

Pode parecer-se com amor, mas às vezes é falta de autoestima

Você se ama?

Para poder amar alguém de forma saudável é necessário, primeiro, se amar. O caminho em busca do amor-próprio não é linear, nem fácil ou leve. Abaixo dois textos que fiz sobre mim mesma, um aos 14 e outro aos 24 anos. Porém, muito mais que dez anos separam esses relatos.

Aos 14 anos

Era triste conviver com ela. Doloroso.

Tinha dias que eu não me lembrava de que ela existia. Eu conseguia sorrir e brincar. Porém, com o passar do tempo foi ficando difícil não notar a presença dela. Até que se tornou impossível, ela se fazia presente em todas as horas.

Aprendi a disfarçar bem a destruição que ela me causava e, talvez por este motivo, tantas pessoas se surpreenderam quando eu caí; conseguia mentir até para mim mesma.

Juro que tentei me afastar dela. Tentei outras maneiras de resolver o que acreditava ser o motivo da angústia. Certo dia, pensei que se colocasse tudo para fora meu problema passaria a ser outro e, pelo menos em partes, eu estaria curada. Mas isso não aconteceu: senti uma dor tão forte na garganta que até queimava, senti uma dor ardente no estômago. Eu chorei. Chorei muito. Me deitei sozinha, sob o lençol com a estampa de algum personagem de que não me lembro, abraçada a uma almofada rosa.

Naquele quarto infantil tive meu primeiro pensamento de mulher: desejei que ela me levasse. Eu não conseguia mais, por isso, desejava morrer ali: com o rosto sujo, com dores até a alma e sem forças. Com certeza, eu preferia não viver mais que viver com ela.
— Esse foi o começo do nada que viria a seguir.

Lembro-me do dia que meu corpo desistiu, enfim. Eu tinha 14 anos e vestia um uniforme juvenil da escola em que estudava com uma cor chamativa. Meus olhos fundos apareciam no reflexo do espelho, sujo de pingos minúsculos de pasta de dente. As minhas mãos ossudas estavam exaustas até para pentear os fios longos e loiros do meu cabelo, tão opacos como tudo naquela época. Logo, desisti de desatar os últimos nós e saí do banheiro.

Ao transpor a linha imaginária que separa a sala de jantar da sala de estar, eu caí. Meu rosto foi ao chão e eu senti um osso proeminente bater com força no piso.

Recordo-me de pensar se alguma parte do meu corpo havia quebrado. Em quantos pedaços?

Um gosto de chave velha, daquelas que se perdem pelas gavetas, encheu minha boca: era sangue. Já não sabia mais se era da carne fina da minha língua ou algo pior.

Ouvi a voz da minha mãe longe, aos berros, gritando o nome de alguém, pedindo ajuda do meu irmão, supus. Foram os sessenta segundos mais longos da minha história em que tudo se apagou.

Ao acordar estava em um mundo branco, frio e barulhento, diferente de todos os paraísos dos quais eu ouvi falar. Evidentemente, não me surpreendi com aquele destino – alguém como eu não poderia entrar no céu.

Quando mediram minha pressão, eu percebi que o inferno estava mais vivo que nunca, mas em forma de internação. Eu tinha um soro na veia, e tantos olhares piedosos quanto raivosos. Afinal, para uma parte das pessoas estar ali foi uma escolha minha – durante muito tempo acreditei nisso também.

Ao alcançar 36 quilos, praticamente pele e osso, pude retornar para casa ao concluir uma refeição, sem gosto, em uma vasilha minúscula. Eu me sentia culpada por não querer ter voltado para casa, mas não desejava ficar no hospital também. Eu tinha desejado que o piso duro tivesse de fato quebrado meus ossos para eu não viver mais naquele corpo, que parecia uma prisão para mim, e eu sentia muita culpa por esse pensamento.

Deitei-me na cama, sem lençol, e passei uma semana inteira chorando o luto de mim mesma. Eu havia morrido, mas ainda estava ali, em pele e osso.

***

Aos 24 anos

Eu me descobri esses dias, e não foi em uma grande festa, eu não estava arrumada, nem tinha acontecido nada grandioso, não tinha motivos para comemorar além do clichê de "estar viva e com saúde".

Na verdade, eu me descobri andando pela rua, como quem não quer nada: a mesma cara fechada de sempre, tênis no pé, passos largos e rápidos – sempre ando como se estivesse atrasada, talvez seja só sede de viver; fone de ouvido nas alturas, qualquer coisa dos Novos Baianos tocando; calça jeans e camiseta branca. Eu me descobri em uma terça-feira meio nublada às 15 horas e 06 minutos.

Andando sozinha e pensando na vida, durante os vinte minutos que separam o centro da cidade e minha casa, eu entendi que me amava. Eu descobri também como sou corajosa. Eu passei por tantas situações que, se me visse de fora da minha vida, apontaria para mim mesma e falaria: "Caramba, essa mina é 'faca na bota'!". Muitas coisas ruins já aconteceram e tão significativas, que até fico assustada quando digo minha idade para as pessoas.

Também descobri que sou inteligente, se eu colocar no papel a quantidade de assuntos que entendo, seria possível escrever um livro – e eu o fiz! Eu também tenho bastante 'jogo de cintura'. Sei desenrolar bem quando estou em qualquer conversa com qualquer pessoa, e sempre gostei dessa característica em mim, apenas não tinha consciência até aquele momento.

Me descobri, vejam só, engraçada! Enquanto percorria meu caminho, pensei em diversas piadas sobre milho em conserva. Ri sozinha ao atravessar a rua da pracinha. Além disso, consigo rir de quase tudo pelo que passo e transformo em piada a maioria das questões que me aflige. Assim, consigo ser uma ajuda para a cura de quem passa pelo mesmo que eu.

Entre tantas revelações, a qualidade de ser sensível apareceu, e eu me lembrei das vezes que alguém me magoou e eu não soube como reagir. Provavelmente, fiz alguma piada idiota reforçando a idiotice que me foi falada ou somente fiquei com um nó na garganta esperando o choro passar. Quis me abraçar e quis dar um abraço em todas as minhas versões espalhadas pelo espaço-tempo, as quais tiveram o coração partido e entristecido de alguma maneira. Sussurrei: "Está tudo bem!", e segui.

Eu nunca neguei um abraço, um carinho, um afeto, logo descobri que sou carinhosa. Acho que sou uma boa filha e irmã, e até uma boa amiga – exceto nas vezes que demoro para responder os grupos. Também descobri uma pessoa responsável, pois se estou comprometida com algo eu cumpro, sejam prazos ou planos, eu faço acontecer. Por fim, me descobri artista, porque uso muito a criatividade para conseguir viver minha vida, no geral.

    Naquele dia, cheguei em casa, meio suada. O álbum dos Novos Baianos tinha acabado e eu nem tinha percebido que não havia música tocando nos fones. Então, apertei o botão do elevador, e entrei ali como uma outra pessoa. Eu me descobri sendo eu! E que sensação maravilhosa essa de se pertencer. Não me larguei nunca mais.

Andando sozinha
e pensando na
vida, durante os
vinte minutos que
separam o centro
da cidade e minha
casa, eu entendi
que me amava.

7

O amor é lindo... no começo

Quantos casais ainda apaixonados você conhece?

Esses dias embarquei em um voo com um casal recém-apaixonado sentado ao meu lado. Era perceptível que se tratava de uma paixão recente, porque não tinham aquela cara de tédio mortal que as pessoas geralmente têm nos voos Rio-São Paulo. De mãos dadas, trocavam confidências seguidas de risadinhas. É comum que casais recém-apaixonados achem tudo o que fazem incrível quando acompanhados de sua metade da laranja. Ainda que já tenham feito a mesma coisa milhares de vezes, como pegar um voo lotado com destino ao aeroporto Santos Dumont.

Acho que essa é a coisa bonita sobre o amor: dá pra ver de longe quando é real. A comissária, tão acostumada a ver tanta gente de todo o tipo o tempo todo, percebeu que o casal vivia a melhor fase que um relacionamento pode viver. Então, ela abriu um sorrisão, carinhoso e nostálgico, antes de perguntar:

"Bebidas?"

Em seguida, as duas responderam juntas:

"Não, obrigada", e riram. Afinal, casais recém-apaixonados acham graça de tudo. A comissária sorriu de volta e continuou com as perguntas:

"*Cookies*, bolo ou bala?", elas negaram novamente.

Coloquei uns três *cookies* na boca e me peguei pensando que é preciso estar muito apaixonado para negar *cookies*, porque quem viaja muito sabe que bons lanchinhos são raridade. Os casais recém-apaixonados, aqueles que acabaram de se conhecer, não aceitam os *cookies* – que eram ótimos por sinal – ou o bolinho. Esses casais mal sentem fome, sede nem cansaço.

Uma delas, aquela que sentava no corredor, largou a mão da namorada e pegou um fone de ouvido na bolsa.

"Vamos assistir a um filme juntas?", propôs à companheira.

Mais uma vez, as pessoas que vivem na ponte aérea sabem que não se pode ver um filme inteiro durante essa viagem. Além disso, assim como qualquer pessoa maior de 14 anos já sacou que dividir um fone de ouvido é quase tão ruim quanto dividir o *Yakult* ou um *Danone* – e sejamos sinceros, até um pouco nojento.

Mas, ora essa, casais recém-apaixonados... topam tudo! Desde aniversário da prima Gertrudes na fazenda do vovô a 897 quilômetros da capital, até ver o jogo de futebol do time do trabalho. Topar aquele encontro duplo com o casal mais chato do grupo de amigos? *Vamos!* Viajar para uma cidade sem atrativo turístico algum apenas para passar um fim de semana grudados? *Que horas a gente vai?* Casais recém-apaixonados querem apenas ficar juntos.

As meninas daquele voo mal viram metade do filme. Mas trocaram uns elogios exagerados no meio do caminho, como: "Você é a mulher mais cheirosa do mundo!" e "Eu nunca vi um olho tão verde!" – apesar de nada disso ser verdade.

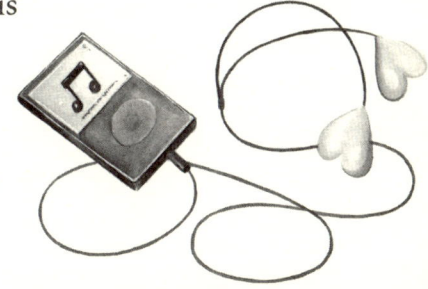

Para fazer essas afirmações, como dizer que uma pessoa é a mais cheirosa do mundo, é preciso ter cheirado todas as pessoas do mundo – e isso seria um desperdício de tempo, saúde olfativa e mental. *Que estresse!* Além disso, também seria necessário um arquivo com todos os olhos verdes do mundo para conseguir compará-los aos da amada, porém a mulher, da poltrona do meio, afirmou ser verdadeira com certo ar de obviedade. Mas casais recém-apaixonados não têm compromisso integral com a sinceridade quando o intuito é enaltecer o objeto do amor. *Eu gosto muito de observar esse tipo de casal – como deu para notar.*

Quando o avião pousou e ficamos esperando, naquele silêncio quase constrangedor, antes de abrirem as portas, mas já visualizando as pessoas apressadas em pé no corredor, eu não me contive. Então, perguntei à menina mais perto de mim, aquela que estava sentada na poltrona do meio, abrindo o meu sorriso mais simpático:

"Primeira vez no Rio?"

Ela me olhou com um olhar muito doce, de quem tem mel de sobra na vida.

"Ah não! A gente vem todos os anos para comemorar!", a menina respondeu. Não consegui disfarçar minha cara de intrigada *à la* meme da Nazaré quando ouvi um "a gente vem todo ano...". Mas, para não ficar estranho logo emendei:

"Vocês namoram há muito tempo? Achei que não, porque vocês são muito fofas e apaixonadas...", e sorri sem graça no final, me sentindo uma criança de 5 anos. Ela cutucou a namorada, a essa hora meio dispersa, tentando enrolar o fone de ouvido de um jeito que não virasse um emaranhado, antes de comentar:

"Ela achou a gente fofa, amor!", riram cúmplices. A namorada que estava de fora da conversa parou para prestar atenção, e a minha nova amiga concluiu:

"A gente já se casou faz quatro anos. Sempre viemos *pro* Rio comemorar... Foi onde a gente se conheceu, sabe? A gente se encontrou de verdade, sabe moça? Não tem como não ser apaixonada todo dia quando se tem alguém de verdade."

As duas se olharam, e eu juro que queria ter fotografado aquele momento se não fosse super-resquisito fazer isso diante de pessoas estranhas.

"Espero que vocês sejam muito felizes", limitei meu comentário a isso. Em seguida, olhei para a comissária que estava com a mesma expressão que a minha, tão abismada quanto eu, depois de ter ouvido que estavam casadas há quatro anos. Peguei minha mala e olhei-as de longe, indo para o desembarque.

A minha *quase* amiga parou no meio do caminho, ajeitou de forma atrapalhada uma mala no ombro, e uma outra na mão, para deixar a esquerda livre para segurar a mão de sua esposa. Elas pareciam estar em um primeiro encontro. Eu sorri sozinha.

O amor é bonito.

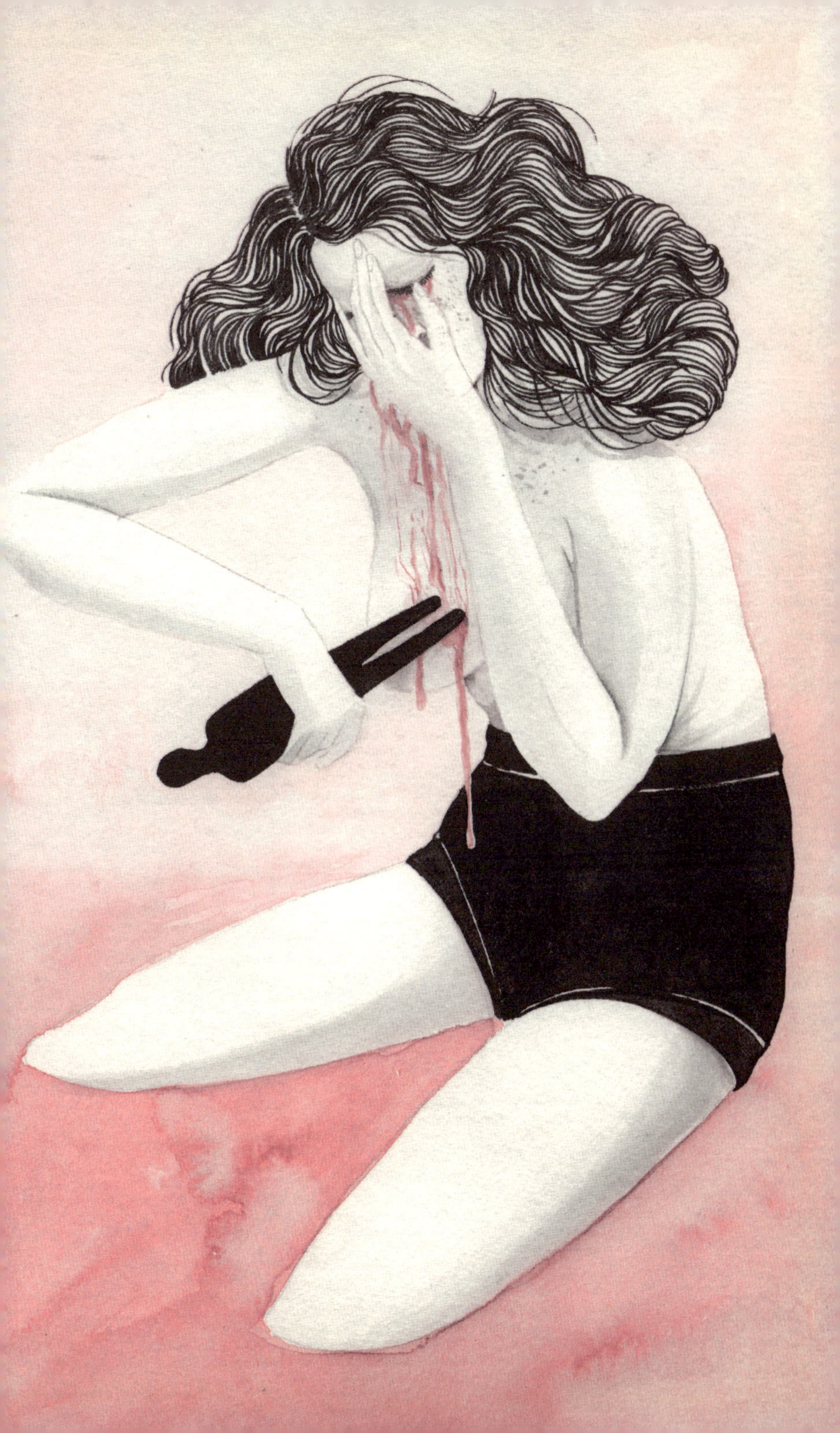

Acho que essa
é a coisa bonita
sobre o amor: dá
pra ver de longe
quando é real.

8

Essa história de alma gêmea é mentira

A história de uma mulher que amava demais

Eu sempre gostei de histórias, tanto de criar, viver, escrever, contar, quanto ouvir. *É claro!* Para ser uma escritora é necessário ser primeiro uma boa ouvinte e leitora. Não desperdiçar uma boa história faz parte do dia a dia de quem escreve. Durante minha jornada curiosa pelo mundo, reuni muitas histórias boas, mas a primeira história de amor que ouvi na vida foi da minha avó Valda – e não foi com o meu avô.

Vovó era uma mulher livre, sempre foi. Ela não tirava o batom vermelho da boca, os brincos grandes e chamativos, sempre dourados, não deixava de usar um pó no rosto e um lápis escuro – porém nunca usou rímel –, e era dona dos olhos mais lindos que já vi. Vovó era dessas que misturava estampa antes de isso ser moda, e, por causa disso, foi minha primeira referência no mundo de como se vestir.

Ela me ensinou que moda é feita para todos: usa--se o que quer! Amava umas saias laranja enormes, com tecido pesado e, pasmem, combinava com uma blusa verde-limão e um casacão vermelho, que eu amava. *Ai de quem dissesse que a roupa dela não estava boa. Ela virava um bicho*!

Mas, para mim, vovó sempre foi um bichinho mesmo, um pássaro desses que cantam tristes quando muito presos em algum lugar. Falando nisso, vovó era cantora de rádio. Não pôde seguir carreira porque sua mãe – e tantas outras pessoas naquela época – não era tão livre quanto ela, pois o patriarcado engoliu seu talento e sua cor. Ela recebeu o convite para trabalhar em uma rádio do Rio, o qual sua mãe não deixou que aceitasse por entender que se tratava de coisa de "mulher do mundo". *Sim, o xingamento de antigamente mais parece um lindo elogio de hoje!*

Diante daquela situação, ela foi obrigada a se casar, para ver se "apagava esse fogo" logo e acabava com essa vontade de se jogar no mundo que aquela menina de 17 anos tinha. Então, vovó teve quatro filhos com o Seu Nelci, que ela se referia como um homem provedor dentro de casa. Na verdade, pouco se falava dele.

Uma vez, curiosa que sou, perguntei se vovó o amou, e ela disse apenas: "Eu não posso dizer que nunca gostei". Essa resposta foi tão triste para o meu coração romântico de 13 anos, que nunca mais voltei a falar do Seu Nelci. Ele morreu quando vovó estava grávida do quarto filho.

Como uma mulher com quatro filhos não podia ficar sozinha e solteira na década de 1960, segundo o pensamento que permeava a sociedade na época, seu irmão apresentou-lhe o seu melhor amigo, e também meu avô, Zico. Os dois tiveram três filhos, entre eles minha mãe. Vovô era padeiro, ganhava bastante dinheiro e não deixava nada faltar em casa, mas começou a ter problemas com bebida. Além disso, vovó descobriu que ele tinha outra esposa com vários filhos. Então, ele começou a ficar agressivo e a machucar a vovó. Porém, ela, como a passarinha que era, revidou, jogou panelas com comida e tudo e o expulsou de casa. Seu Zico reapareceu somente vinte anos depois, mas isso é história para outro dia.

Sozinha, com sete filhos e sem estudo, minha passarinha Valda se viu em um mundo machista, cinza e doloroso e, por isso, se fechou para o amor, para os relacionamentos e deixou sua vida ir no ritmo do "bate ponto" no lugar que trabalhava, e deu conta. *Graças a Deus!* Os filhos e as filhas dela cresceram, se casaram, e, então, seus netos e suas netas chegaram em sua vida.

Minha passarinha seguia usando os batons vermelhos, cantarolando músicas tocadas na rádio e vivendo como podia. Um dia, porém, vovó resolveu sair com amigas do grupo da igreja para dançar, e seu charme despertou o interesse de um homem alto e bonitão – segundos os relatos de vovó. Foi amor à primeira vista!

Seu Neri era tudo que vovó sempre sonhou. Os dois andavam de mãos dadas na rua, saíam juntos, escolhiam os *looks* combinando, brincavam um com o outro e se chamavam de "amor", bem como cantavam juntos as canções que vovó não conseguiu reproduzir na rádio. Também planejavam se casar, viajar e ter um sítio.

Entretanto, a vida da avó Valda, como vimos até aqui, não foi fácil. Assim, ela perdeu Seu Neri antes de ter a chance de dizer "Sim!", de verdade, a alguém. Depois disso, minha avó não cogitou mais a possibilidade de sair, de encontrar um amor, ou de encontrar felicidade junto de outra pessoa.

Não cheguei a conhecer Seu Neri, mas a memória dele na vovó era tão vívida que parecia que ele ainda estava lá. Vovó falou dele até seu último dia de vida neste mundo. Quando já estava muito fraquinha, passava a mão no meu rosto e dizia para eu não desistir de ser artista por homem nenhum, e que a minha alma gêmea me acompanharia independentemente de minhas escolhas.

Com a minha passarinha descobri que amor é muito mais sobre liberdade do que posse; muito mais sentir do que ver. Ela me mostrou que o amor o qual sentimos não tem idade. Assim, ensinou-me a amar, amando. Agora vovó Valda, uma estrela, olha com amor por nós e voa livre como sempre quis, até pousar nos braços de quem ela escolheu fazer morada.

Minha avó não conseguiu fazer carreira na música nem tem seu nome marcado na história, tampouco conseguiu assinar sua última certidão de casamento, no entanto, eu tenho a oportunidade de deixar o registro dela para o mundo. A história de dona Valda está escrita para quem quiser ler, e para que todo mundo saiba que antes de ser qualquer coisa, a Dona Valda Maria Silva era amor. Minha passarinha era uma amadora profissional.

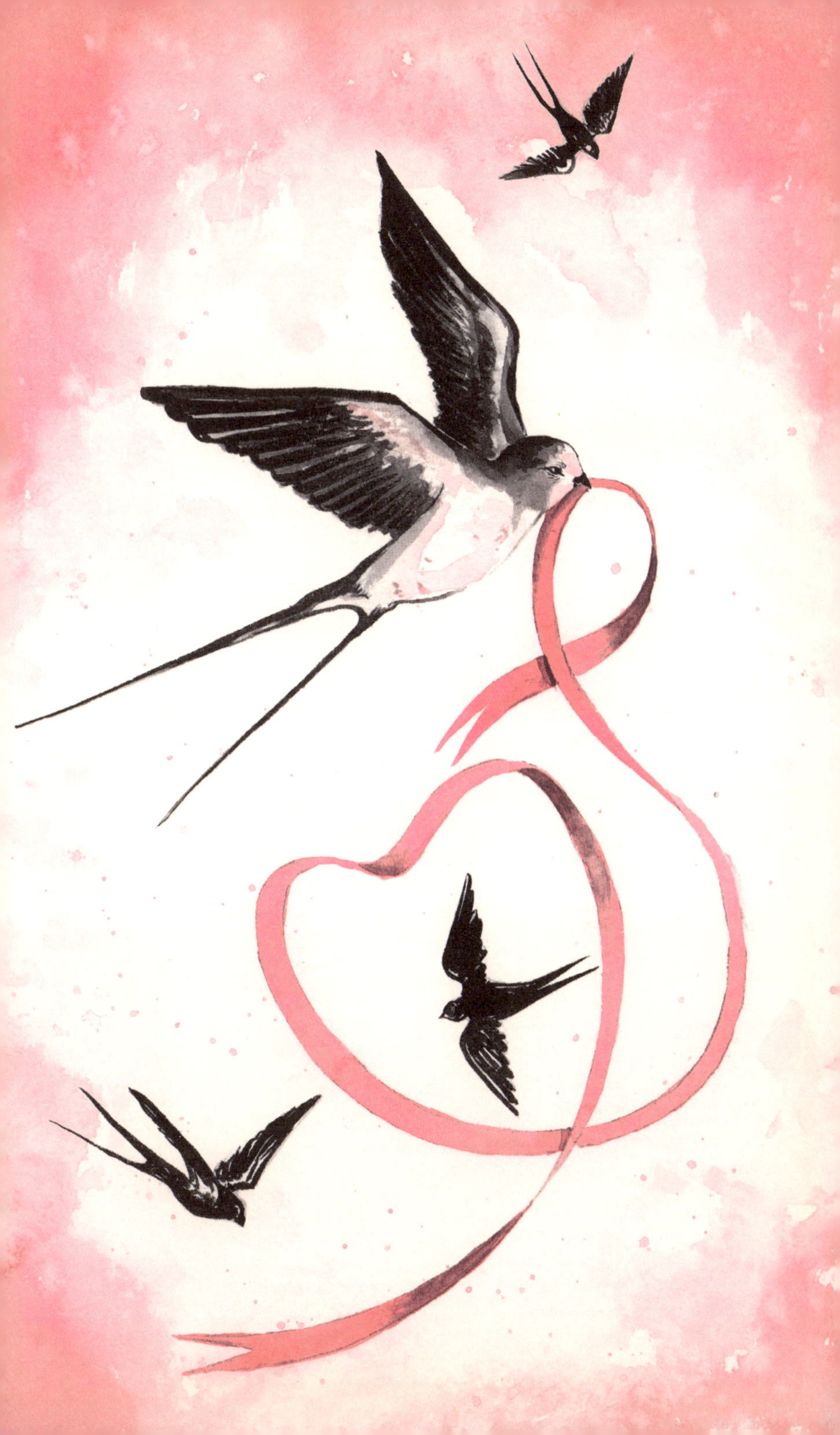

Com minha
passarinha
descobri que amor
é muito mais
sobre liberdade do
que sobre posse;
muito mais sentir
do que ver.

9

Terminar dói! Nem comece

O fim é uma certeza?

Sentou-se à mesa do bar sozinho, pediu uma cerveja, daquelas caras de trigo, em copo de 300 ml para não haver tempo de ela esquentar. Virou o líquido em dois goles. Pediu outra. Pegou o celular, abriu o *Instagram* e silenciou as publicações de Carla. Mas não deixou de segui-la porque lhe disseram que isso seria muito imaturo, e ela acabaria achando que ele não superou o término – e que fique claro que ele não superou, mas Deus o livre de ela saber disso.

Com o aplicativo aberto, aproveitou para silenciar também as publicações das amigas e da família da ex. E bloqueou aquele primo chato que pegava sempre a cerveja dele nos churrascos de domingo na casa de praia. Com esse primo, não era necessário manter a cordialidade de silenciar, ele era chato demais para ter todo esse trabalho.

Depois, deu mais um gole na cerveja de trigo cara e olhou em volta: nunca tinha entrado nesse bar antes. Mas todos aqueles que costumava frequentar, ele apresentou para Carla, que podia estar em algum deles, com os amigos, com a família, ou até pior, com outro alguém. Só de pensar nisso, mesmo que rapidamente, já foi motivo suficiente para que ele terminasse de virar o copo. Pediu outra cerveja.

O bar era meio escuro, mas não no estilo romântico, do tipo mal cuidado mesmo. Sempre teve a impressão de que lugares, com luz ambiente "diferenciada", eram para esconder a poeira dos móveis. Preferiu não pensar muito nisso e limitou-se a bebericar a cerveja que acabara de ser entregue por um garçom não muito animado.

Na mesa ao lado tinha um casal rindo alto, tocando as mãos e trocando olhares insinuantes. *Aproveitem enquanto podem*, pensou amargo.

Abriu o *WhatsApp* e o contato dela estava salvo com *emoji* de coração ao lado do nome. Que nó na garganta! Ninguém ensina como lidar com as partes burocráticas do término. As pessoas falam sobre aproveitar a fossa, chorar tudo que precisar, passar pelo luto, começar a sair e então encontrar outro alguém, mas ninguém explica o que deve se fazer com o WhatsApp, com as fotos de viagem juntos, com quem deve ficar com o disco do Caetano que foi um presente para o casal, ou em que geladeira colocam o ímã que trouxeram de Aspen? A verdade é que ninguém sabe terminar um relacionamento.

Ninguém começa a namorar pensando em um término, mas deveria, as relações seriam mais fáceis sem o peso do "e se?".

Então, preferiu apagar o telefone dela dos contatos para a foto dele não aparecer mais para ela – um draminha, ele sabe. Porém, não conseguiu apagar a conversa. Tinha muitos "Eu te amo!" que ele confessa não ter dado valor suficiente na época, mas que agora saltam à tela do celular.

Depois, mordeu os próprios lábios, e sentiu outra vez o nó na garganta, e concluiu quão patético seria chorar as mágoas em um bar escuro, com cheiro duvidoso e desconhecido – nem um garçom amigo para chamar o *Uber* ele teria. Não sabia como novamente a cerveja tinha acabado. Então, pediu outra. Ele tinha perdido as contas do valor da conta. Balbuciou "Vidinha desgraçada!", meio sem dicção, enquanto se levantava da cadeira de madeira dura em direção ao toalete.

Conseguiu fazer xixi não sabe como, porque já se encontrava naquele nível de bebedeira no qual as coisas acontecem por *flashes*: do nada foi ao banheiro, no outro tinha aberto a calça e então em outro momento já estava de frente para a pia olhando-se no espelho. Observou o próprio reflexo deprimente.

Quando começou o relacionamento com a Carla, ele mal tinha barba, umas penugens que cresciam meio desordenadas e também era uns 10 quilos mais magro, sem dúvida, além de não se lembrar de ter duas entradas tão grandes no cabelo. Seis anos de relacionamento e ele se tornou outro homem: formado na faculdade, com emprego estável, podendo viajar quando quisesse, com uma grana boa e um casamento marcado. O que deu errado, então?

Não foram as entradas ou os quilinhos que ele ganhou por culpa dos jantares românticos e das noites regadas a vinho. O que ela disse é que faltava carinho, que tinha caído na rotina e que não via mais paixão nos dois. Ele não argumentou, e recebeu o término com um tiro no peito. Logo pensou em tudo que podia ser, desde traição até... Traição mesmo – que para ele era o pior que se podia acontecer. Afinal, não se conformava em perder o seu amor justamente por falta de amor.

Depois disso, saiu da casa dela direto para o bar, encheu a cara e passou o resto da semana assim. Quando chegou sexta-feira, a coisa piorou, porque ele não tinha mais a Carla, os amigos e nem mesmo os bares que já conhecia e que frequentavam juntos. Sentiu falta até daquele primo chato dela.

Ainda dentro do banheiro, passou uma água no rosto, com olheiras fundas por causa dos dias sem dormir, e voltou cambaleando para sua mesinha triste no fundo do bar. Não era religioso, mas no caminho até a cadeira orou por um sinal. Pediu uma dose de tequila, sem se preocupar com as consequências. Dane-se o fígado, o estômago e o amanhã. Bebeu sem emoção alguma, não fez o ritual comum de sal e limão, o que fez o gole arder mais do que o normal.

Repousou sua mão na fronte, sentindo uma dor seca e quase forte suficiente para fazê-lo gritar. Em seguida, levantou a mão pedindo a conta, porque era melhor ir embora antes de perder a habilidade de chamar um carro pelo aplicativo – seria complicado depender de um garçom que já não tinha vontade de atendê-lo, imagina de ajudá-lo. A conta fechou em 180 reais, e ele não conferiu o valor. Que se dane também! *Não era hora para ser mão de vaca.*

Altas horas da noite, o bar estava quase vazio, mas um desgraçado resolveu entrar; o barulho chato de falta de óleo que as portas faziam quando abriam.

Percebeu um chorinho abafado e quase sorriu pensando que, em algum lugar ali, tinha alguém tão na merda quanto ele. Virou um pouco a cadeira, de modo que pudesse ver o infeliz e desejar-lhe condolências, mas parou na metade do trajeto.

Com o rosto pálido e frio como a morte, não conseguiu disfarçar a surpresa e, subitamente, sua voz ecoou mais estridente do que imaginara.

"Ca-Carla?" Ela suspirou alto e passou a mão nas últimas lágrimas, antes de se virar e encarar Henrique, o que fez seus olhos esbugalharem.

Carla esperava qualquer reação dele, desde um "Oi, sumida!" até o famoso "Você *tá* bem?! Como *tá* a família? E o primo Edu, continua chato?", mas uma coisa Henrique sempre foi: estranho.

Assim, antes que ela pudesse pensar em qualquer coisa para perguntar ou responder, ele a beijou. Depois de saltar da cadeira em uma velocidade absurda, ele a puxou, no melhor estilo filme da *Sessão da Tarde*, e tascou-lhe um beijão. *Aquilo ali era um sinal.* Ela retribuiu, sorriu meio sem graça, e disse que não frequentava os bares de sempre com medo de vê-lo por lá. Também contou que ficou muito mal, depois que não viu mais a foto dele no *Whats*. O draminha, afinal, tinha dado certo?

Carla também confessou que estava muito confusa e que eles precisavam conversar. Aí ele desabou e não conteve o choro que estava guardado no peito a noite toda. Disse que era um babaca por não fazê-la perceber que ela é a mulher da vida dele, que queria passar o resto dos dias com ela e que ele a amava de um jeito tão grande, que não tinha percebido até ter tomado esse fora homérico. Passaram os vinte minutos seguintes abraçados em silêncio. Os dois conversaram, se acertaram e se perdoaram. Concluíram o causo e tocaram a vida.

Já em casa, ele botou o disco do Caetano para tocar na vitrola, arrumou o ímã de Aspen na geladeira e adicionou novamente, nos contatos do celular, o número de Carla, mas agora com o nome "Amor da minha vida". O amor tem dessas breguices. Depois, configurou o *Instagram* para voltar a ver as publicações dela.

Tudo voltou para o seu devido lugar. Exceto o primo de Carla, que não foi desbloqueado. O cara era chato demais, meu!

As relações seriam mais fáceis
sem o peso do "e se".

10

Traição é só questão de tempo

Não é?

Já tinham-se passado quinze minutos desde que havia recebido a mensagem que acabara com o seu dia, semana, mês e quiçá ano. Era um número desconhecido, com o prefixo 11, de São Paulo. As letras se embaralham pela tela do celular à medida que as lia novamente, mas, com um pouco de esforço, conseguiu se concentrar suficientemente para, enfim, decifrar esse código nada secreto: "Eu vi o Marcelo com outra mulher na avenida Faria Lima. Eles estavam se beijando. Preferi te contar porque também já passei por isso. Fique bem!".

Não é fácil ser traída. Ela já tinha passado por isso antes, então não era uma grande novidade, porém não deixava de ser surpresa. O pior é que ela e Marcelo tinham acabado de casar, começavam uma vida juntos, não parecia ser muito justo fazer isso bem agora. Não que fosse justo em qualquer outra época, mas, eles ainda estavam pagando a lua de mel em Punta Cana.

Por um momento se sentiu tola em acreditar em uma mensagem como aquela. *Pelo amor de Deus, uma mensagem anônima e pá!* Ela termina um casamento? Não! Não se pode ser assim. Tudo bem que era o nome do marido dela e a rua que ele trabalhava e, nos últimos dias, ele realmente tinha trabalhado até tarde, mas era por causa da expansão da empresa! Se bem que com a crise dificilmente a empresa expandiria assim, do nada.

Esses dias, ela viu um cartão de visitas de um lugar onde eles nunca foram juntos. Era um restaurante francês, coisa fina – típico de homem querendo impressionar. Além disso, Marcelo andava meio estranho, pouco carinhoso – podia ser o peso na consciência. Afinal, é quase impossível trair alguém e dormir abraçado à noite como se nada tivesse acontecido. *Isso seria quase psicopatia.* Mas na noite anterior, ele estava carinhoso. *Ai meu Deus! Será que ela tinha se casado com um psicopata?* Não sabia de mais nada, mas havia mais evidências contra o Marcelo do que a favor.

Ela se arrependeu amargamente do dia em que ele desbloqueou o celular para que ela fizesse uma transferência bancária e que, livre de qualquer processo de segurança, ela não olhou uma *Direct Message* (DM) do *Instagram* e não abriu o *WhatsApp*, nem mesmo espiou as fotos ocultas do celular. Ela não quis desconfiar ou invadir a privacidade de Marcelo e, agora, tomava uma dessas na cara. Que burra! Podia ter descoberto muito antes e, então, a história seria outra. Com certeza, ela mostraria a conversa na cara dele, gritaria, falaria para ele pagar a porcaria da viagem de Punta Cana sozinho, rasgaria umas tantas camisetas, quebraria uns porta-retratos e, assim, uma parte da raiva e amargura provavelmente passariam.

Mas não, ela não o fez. E agora ela estava ali, no meio do escritório, sem trabalhar há quarenta minutos, olhando fixamente para a tela do computador e pensando o que poderia fazer.

Então, ponderou que talvez fosse melhor mandar uma mensagem para o X9 e tentar extrair umas informações a mais, quem sabe até um nome. Então, pegou o celular com as mãos tremendo um pouco, olhando para a foto de fundo que era do Marcelo, sorridente em Punta Cana. *Que ódio!*

Em seguida, pensou no que podia escrever: *"Como é essa mulher?"*. Não. Ela entregaria o jogo assim, assinando embaixo a culpa do babaca do Marcelo. *"Você tem provas?"* Mas desistiu na sequência. Afinal, não bastava ser traída ainda tinha de passar pela humilhação de uma prova. *Já é demais!* – Até o X9 ficaria com vergonha por ela.

"Quem é você" parecia bom, pois deixa claro uma desconfiança sobre a veracidade da informação, mas, por outro lado, deixa a porta aberta para saber um pouco mais. Escreveu e enviou. Depois, tirou

os óculos de grau e deu um gole na água, já não tão gelada, do copo colorido com a frase "querer & poder & fazer" — um presente motivacional do próprio Marcelo.

Afinal, quando as coisas tinham chegado a esse ponto? Em que dia tudo desmoronou? Pensou que podia ser algo que ela tivesse feito, mas, por outro lado, nada justificaria a quebra de confiança, a falta de caráter era um problema dele, e não dela.

O telefone tocou um barulhinho chato indicando que uma mensagem fresquinha acabara de chegar. As mãos suavam, quando colocou de volta os óculos e se preparou para sentir raiva.

Fez uma careta: era uma mensagem do Marcelo.

"Oi, meu amor! Vamos ver a série hoje? Não vou ver nada sem você, e acredito que você não vá fazer o mesmo: confio em ti. Te amo!"

Cínico! Como alguém podia ser assim? Que coragem! Quase um psicopata! Ela resolveu pegar um café antes que o mandasse à merda, por mensagem mesmo. Foi até a cozinha, pegou uma caneca do armário, segurou-a debaixo da saída de café da garrafa térmica e empurrou com dois dedos, e um pouco de força, a tampa retrátil. Ouviu um ronco forte, mas nenhum líquido saiu. Ela tentou de novo; mais barulho e nada.

Pensou que a garrafa de café espelhada por fora serviria para uma boa metáfora para seu casamento:

não deu para perceber que havia acabado fazia muito tempo. Pensou em fazer mais café, mas não sabia como.

Se distraiu uns minutos ao olhar pela janela da copa enquanto analisava sua reflexão, não muito inteligente, de segundos atrás, e não percebeu que o cara bonitão da contabilidade tinha entrado na copa. "Um real pelos seus pensamentos. *Tá com a cabeça na viagem de Punta Cana, é?* Você estava magnífica", disse em tom de cantada, como a maioria das coisas que falava.

"Poxa, nem me fala... Acabou o café", respondeu enquanto ele pegava uma xícara. Observou-o de costas se alongando para pegar uma caneca do alto do armário. Ele tinha dado em cima dela várias vezes, e era bonitão, além de ter um emprego bom. Por que ela nunca o pegou? Por respeito ao nosso amigo Marcelão? E olha o que ela recebeu em troca. Devia era ter aproveitado, isso sim! Por que, afinal, ela nunca tinha agarrado o bonitão? "Ah, não tem problema! Eu não tomo café por causa do clareamento. Vou fazer um chá de maçã e romã com melaço. Aceita?", ele disse.

Naquele momento, ela se lembrou de como ele era um porre. Assim, com ou sem Marcelo, ela não agarraria aquele chato. Que decepção!

"Não, não. Vou seguir na água mesmo. Obrigada. Bom trabalho!" Ela saiu sem esperar resposta. *Que cara chato!* Chegou em sua mesa catando o celular e não se surpreendeu ao ver mais duas mensagens do número desconhecido. Em uma, enviada às 9h43, dizia *"Você não me conhece"*. A outra às 9h47 *"Eu mal te conheço no caso. Só quis ajudar você porque já fui traído também, e você parece ser uma mulher legal"*.

Ela se atentou ao trecho que dizia *"Já fui traído"*, que indicava que a mensagem vinha de um homem. Logo podia ser um colega de trabalho do Marcelo, possivelmente um cara cheio de ética, que trabalhava no escritório e assistia de perto às escapadas. *Que ódio!*

Carla era muito boa para tirar informações das pessoas, ou então não seria advogada, mas arrancar qualquer coisa por mensagem é muito mais difícil. Por isso, achou melhor ligar para ouvir a voz. Assim, seria impossível ser enganada.

O celular chamou uma, duas, três... oito vezes até parar na caixa postal. A mesma coisa ocorreu nas 32 tentativas seguintes.

"Não me ligue", foi o máximo de resposta que obteve. Não sabia mais o que fazer, como agir e o que esperar. Achou que seria importante, visto que o homem não atendia à sua ligação, pedir mais informações, e recebeu uma enxurrada de detalhes nas mensagens.

Seu contato anônimo afirmou que Marcelo saía todos os dias do prédio Riviera com uma mulher morena, que vestia um uniforme vermelho, mas meu contato não sabia de qual lugar. Os dois iam até o *poke* da esquina, comiam – ele pressupôs – e voltavam pelo mesmo caminho. Cumprimentavam-se e se despediam com um beijo.

Ela estava com um nó na garganta e uma vontade tremenda de chorar. Afinal, Riviera era realmente o prédio onde Marcelo trabalhava. *Que ódio!* Sem aguentar mais aquela situação, ela desabou e perdeu a compostura. Então, mandou uma mensagem beirando a humilhação: *"Por favor, encontre-me! Vamos em algum café para você me dar mais detalhes. Você tem fotos?"*. Quase imediatamente recebeu a resposta, um curto e grosso: *"Não posso"*. Meu Deus, o que ela podia fazer? Para onde iria? Ah, ela ficaria em casa, e o Marcelo que fosse embora! Ele que destruiu tudo! Ela devia mandar mensagens pelo WhatsApp mesmo ou seria muita imaturidade? Seria difícil decidir sem nenhuma informação do X9. *Um fofoqueiro que se preze deveria fazer melhor do que isso.*

Então, insistiu em encontrar o X9 que continuou a negar-lhe encontros. Primeiro, recebeu mais um *"Não posso"*, depois um *"Não consigo!"* e finalmente um *"Não dá mesmo!"*.

Resolveu implorar: *"Eu tô desesperada! Por favor, eu preciso encontrar você. Eu preciso de fatos, eu vou terminar meu casamento. Me ajuda!"*.

Depois do apelo ao estranho, ela tomou o resto da água do copo motivacional e olhou o Marcelo, sorridente, em foto de fundo de tela do computador. Nunca se sentiu tão sozinha e desolada como agora. *Que triste!*

O celular soou o toque de mensagem. Ela segurou-o sem emoção, afinal, seu único desejo era pôr um fim naquela novela mexicana sem graça que sua sexta-feira tinha virado. O anônimo fofoqueiro respondeu-lhe:

"Eu não posso fazer isso. O Marcelo me conhece e é capaz de me matar se desconfiar de mim, Marina! Não insista! Quero manter o sigilo."

Ela releu a mensagem umas três vezes. Era fato que ela não sabia sobre muitas coisas, não tinha mais certeza sobre o caráter do marido, não conseguia passar uma conta parcelada de um cartão de crédito para outro e também não tinha ideia de como preparar um café. Mas, de uma coisa ela sabia: não se chamava Marina.

Então, Carla respondeu o X9 com as mãos tremendo: *"Meu nome não é Marina"*. Ele respondeu imediatamente: *"Você não é esposa do Marcelo Rocha de Azevedo?"*. Naquela altura, ela já respirava aliviada. Enviou um sucinto e autoexplicativo *"Não"*.

O X9 respondeu: *"Meu Deus, desculpa, número errado"*, capaz de tirar todo o estresse do planeta dos seus ombros. Inacreditavelmente, Carla ficou aliviada demais para xingar o fofoqueiro mais atrapalhado do planeta. Ela até tentou responder qualquer coisa, mas nada chegava até ele. Aparentemente, foi bloqueada, mas apagou a conversa por segurança.

Por fim, Carla teve um acesso de riso. Como poderia terminar um casamento, com o homem que amava, por causa de meia dúzia de mensagens anônimas? Por que será que é mais fácil acreditar em coisas ruins do que naquilo que é bom? A gente precisa se acostumar com a felicidade no amor e parar de esperar sempre o pior.

Então, pegou o celular e abriu na conversa com o Marcelo. Releu a mensagem que ele mandara mais cedo: *"Oi, meu amor! Vamos ver a série hoje? Não vou ver nada sem você, e acredito que você não vá fazer o mesmo: confio em ti. Te amo!"*

No fim, ela quis desesperadamente abraçar a coitada da Marina. Ser traída é muito difícil. *Ela que o diga...*

Por que será que é
mais fácil acreditar
em coisas ruins
do que naquilo
que é bom?

11

No fim, é tudo sobre comodidade

A história de amor com dois começos

No relógio faltavam quinze minutos para as 18h. O dia estava nublado, e trânsito intenso. Saiu do trabalho mal-humorado, pensando que a vida real é infinitamente mais triste que os filmes hollywoodianos e os *best-sellers*.

Nas comédias românticas não se perde tempo parado na fila, as chuvas aparecem apenas nas cenas em que os casais se beijam no meio da estrada, ao se reconciliarem. Isso sem falar que, nos filmes, os trabalhos são sempre legais, e quase nunca você quer matar o seu chefe.

Nos filmes românticos dos anos 2000, os casais apaixonados levam a vida de forma doce e ao mesmo tempo surpreendente: flores para todos os lados, jantares fabulosos, eles quase nunca têm problemas com dinheiro e permanecem apaixonados, independentemente do tempo.

A vida real é muito mais triste.

O desgosto que sentia era um pouco de mau humor, e ele sabia disso. Não podia reclamar tanto assim, já tivera trabalhos piores, e esse até era OK. Embora odiasse ter que trabalhar com pessoas, o salário não era ruim. A sua chefe também não era terrível, a saúde estava em dia – exceto por aquela dor na lombar que não passava. Comprou uma casa há pouco tempo e até arrumou o ar-condicionado do carro. A vida não andava tão ruim.

O casamento estava OK. Talvez esse fosse o problema: era somente OK. O que existia era tudo rotina, comodidade e tédio. Não que a Larissa fosse uma pessoa ruim, muito pelo contrário, ela era uma pessoa muito especial. Mas, tinha dúvidas se era o amor da sua vida. *Será que isso existia?* Às vezes, poderia ser apenas coisa de filme, e a vida real era mesmo casar, trabalhar, pegar um pouco de trânsito e no fim do mês conseguir consertar o ar-condicionado. É possível que essa coisa de amor eterno, paixão, alma gêmea, não passasse de um mito gigantesco criado para o mundo não parecer um lugar tão sombrio.

Ao parar no sinal vermelho, no trajeto para a casa, ele acendeu um cigarro. Então, pegou o celular com 1% de bateria e conseguiu ler, antes da telinha apagar de vez, uma mensagem da Larissa: *"Pode comprar pão?"*. Mas ele já tinha passado da padaria. *Inferno!* Procurou o próximo retorno e dirigiu em direção à Panificadora Estrela, do outro lado do bairro.

Acendeu outro cigarro e colocou para tocar aquele CD da Legião Urbana perdido há muito tempo dentro do carro.

"Enquanto a vida vai e vem,
Você procura achar alguém,
Que um dia possa lhe dizer: 'Quero ficar só com você'
Quem inventou o amor?" *

Renato Russo sabia das coisas. O mundo gira em torno das paixões que a gente vê encenada por aí. A vida é muito mais triste do que se pode imaginar.

Ao chegar, estacionou em frente à padaria, desceu do carro, entrou e pediu oito pães de trigo – os mais queimadinhos e crocantes. Depois, pegou dois litros de leite integral, uma penca de bananas e um requeijão *light*. Pensou se deveria levar um bolinho formigueiro que gostava, mas, a vida não estava muito doce aquele dia. Colocou tudo na cestinha azul de plástico e se dirigiu para o caixa.

Parado em uma fila de seis pessoas, com ombros cansados e em silêncio, esperava para ser atendido no único caixa em funcionamento. Lá, uma moça de cabelos escuros e batom rosa bem forte passava lentamente o código de barras pelo *laser* vermelho, recebia o dinheiro e devolvia as compras em sacolas

---

* "Antes da seis". Compositores: Eduardo Dutra Villa Lobos / Renato Manfredini Junior. Letra de Antes das seis © Sony/ATV Music Publishing LLC.

plásticas. O processo era feito tão devagar, quase que propositalmente.

Um cheiro de um perfume muito bom exalava naquela fila de desgraçados fadados a esperar a moça de batom rosa. Ele olhou para a frente e detectou a possível dona do cheiro: uma loira de cabelos vastos, meio arrepiados. A mulher vestia calça jeans azul escura e camiseta branca – básica e cheirosa. Era definitivamente o tipo dele, caso pudesse ter tipo, porque, afinal, estava casado. *Mas também não era cego.*

Ela parecia ser linda. Também calçava um All Star meio surrado, bem estilosa, com as unhas pintadas. Para ele, a mulher tinha jeito de ser arquiteta; não, não, professora... isso; professora. Talvez tivesse 27 anos, ou 28, por aí.

Então, olhou para a cestinha azul que ela carregava e viu alguns pães, dois litros de leite, bananas e requeijão. *Será que aquilo era algum tipo de sinal?* Quantas pessoas compram os mesmos itens no mesmo mercado na mesma hora? Será que é assim que se descobrem as pessoas destinadas a viverem juntas?

Ele podia chegar até ela para lhe dizer: *"Pegamos as mesmas coisas. Acho que poderíamos economizar e levar apenas uma dessas cestinhas para a mesma casa, que tal?"*. Até seria uma boa cantada, mas, no caso, ele continuava sendo casado. Se ela fosse de fato sua alma gêmea, Deus, os anjos ou qualquer entidade oculta presente no universo, daria um jeito de eles se olharem, se apaixonarem. Então, ele diria: "Eu te amo!" e se beijariam ali mesmo. Talvez, deixar os acontecimentos nas mãos do destino fosse melhor, visto que ele, por questões morais, não poderia fazer isso. Não que Lari não fosse uma pessoa boa, é claro que ele considerava sua esposa muito especial, mas, sei lá, estava tudo meio morno. A culpa não era dela. E ele não faria nada injusto. Mais três minutos se passaram e a sua paixão repentina estava prestes a ser atendida no caixa. Ela não olhou para trás nem por um minuto, apenas pegou o celular umas duas vezes, suficientes para ele ver a aliança dourada reluzente em seu dedo – ela também era casada. A história louca daquela paixão ficava cada vez mais fantasiosa e mais longe de acontecer. *A vida real, às vezes, é triste mesmo.* Quando a loira misteriosa foi atendida pelo caixa, ela percebeu, pouco antes de pagar, que havia se esquecido de um produto e disse ao funcionário:

"Esqueci do bolinho para o maridão", depois riu e, ao se virar para buscar o bolo, deu de cara com seu marido, Paulo, que empalideceu.

"Larissa?", falou surpreso. Ela imediatamente abriu o sorriso mais lindo que ele já tinha visto.

"Eu não acredito! O bonitão não me responde e resolve passar na padaria sem avisar?", ela retrucou.

Paulo precisou de uns dez segundos para entender que aquela mulher, que ele acabara de jurar amor secretamente, era a mesma que ele jurou amar uns cinco anos atrás, em um altar.

No fim, ele achou graça em se apaixonar de novo.

"Acabou a bateria e eu não consegui te responder. Acho que vou deixar minhas compras aqui...", explicou, enquanto largava a cestinha azul. Então, ela sorriu mais e falou:

"Pega um bolinho para mim?", mas ele não pegou o bolinho, não respondeu se pegaria nem sequer sorriu de volta. Paulo apenas disse que estava apaixonado. Mais do que nunca. Os dois pagaram as compras e voltaram para o carro. Enquanto iam para casa, a música da Legião soava no carro, mas agora de maneira diferente para os seus ouvidos.

Paulo percebeu que a vida não é um filme, não tem um roteiro bonitinho a ser seguido, não é cheia de finais incríveis nem de primeiras vezes memoráveis. Mas sim, a vida é muito mais sobre escolher o bolinho que o outro adora, passar para comprar pão mesmo contrariado e se apaixonar pela mesma mulher todos os dias.

Os olhos acostumados podem até acinzentar os dias mais lindos, mas, com certeza, a vida real é muito melhor do que dizem por aí...

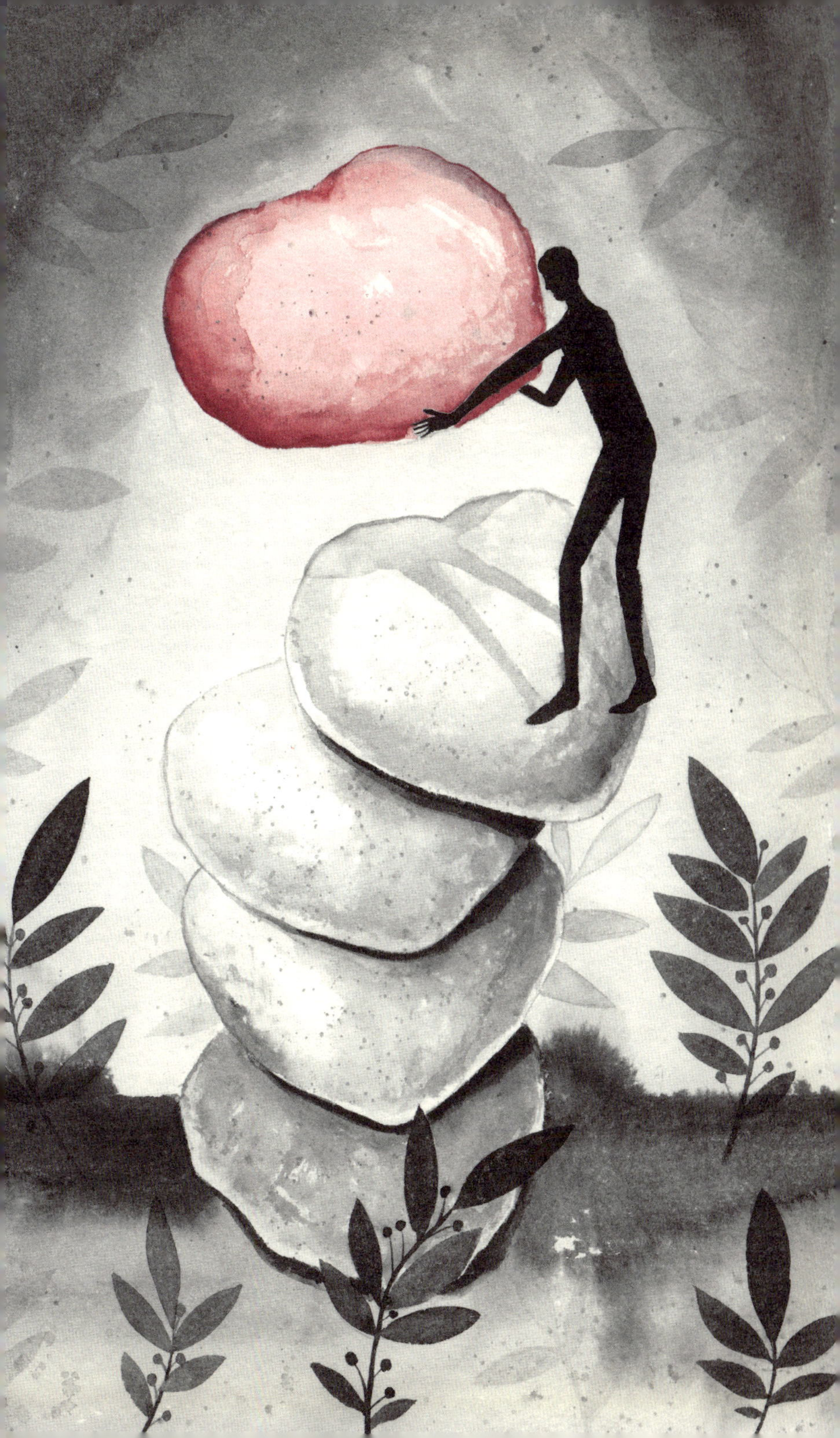

É possível que essa coisa de amor eterno, paixão, alma gêmea, não passasse de um mito gigantesco criado para o mundo não parecer um lugar tão sombrio.

12

O amor é instável: muda o tempo todo

O amor transforma

Eu já tive o prazer e o desprazer de amar muitas vezes, e nessa jornada de mil amores percebi que nada muda mais que as palavras "Eu te amo". Na infância, nosso amor é restrito, pouco questionado e muito verdadeiro. Guardamos as nossas palavras de carinho para as pessoas mais próximas, geralmente nossos pais, irmãos e demais familiares. Parece quase um crime jurar sentir algo tão profundo por qualquer pessoa que não faça parte dessa redoma. Nessa fase, sentimos necessidade de sermos amados por existirmos. Quando chegamos na adolescência abrimos o leque: amamos como se não houvesse amanhã – e queremos sempre amar mais. Por isso, costumamos idolatrar cantores, bandas e obras, e nos apaixonamos perdidamente umas três vezes a cada ano. Prometemos amizades eternas e laços inseparáveis com colegas que acabamos de conhecer. Amamos muito e a muita gente, porém quase nunca somos correspondidos. Assim surgem as decepções que amargam nosso coração tão novo e envenenam nosso jeito de ver o mundo. Esperamos tanto do amor e recebemos tão pouco.

Parece que tudo é tão passageiro, fugaz e indiferente que fica difícil acreditar que, um dia, todo o amor que se deu vai retornar.

Sentimos necessidade de sermos amados pelo que somos.

Na idade adulta, com diversas cicatrizes de uma adolescência amadora, voltamos a ser seletivos, mas agora de forma consciente e sem culpa. Amamos quem merece ser amado e, muitas vezes, aceitamos nenhum amor em troca. Amamos também nossos cônjuges, filhos, familiares, animais de estimação, nosso trabalho e uns poucos amigos. É nessa etapa que nos enchemos de tantas outras coisas para conseguir um pouco de amor. As faculdades, os trabalhos, os carros, as casas, o dinheiro: tudo faz parte do jogo de encontrar quem se ama. Desse modo, sentimos necessidade de sermos amados pelo que fazemos.

Ao alcançar a velhice, voltamos ao amor juvenil, e amamos tudo, com o grande diferencial de não esperar nada dele. Assim, amamos os pássaros, os animais de rua, a natureza, os cheiros, o bolinho, o chá quentinho e as longas histórias. Passamos a amar os não amáveis, os que não merecem e os que nunca tiveram a chance de provar o amor. Amamos a nós mesmos e a nossa história. Nessa fase, apreciamos o amor infantil, compreendemos o amor juvenil e aconselhamos o amor adulto. Sentimos apenas a necessidade de amar.

    O amor se transforma junto do nosso mundo e de nosso contexto. Do amor se tiram as forças, a criatividade e a esperança de seguir. Dizem que o amor tudo suporta, mas, para mim, o amor tudo move.

Sentimos
necessidade de
sermos amados.

13

Tá apaixonado? A ciência explica

Calma, são apenas hormônios

Começou com uma falta de ar chata, do nada a respiração ficava ofegante; pesada. Depois, passou a tremer, primeiro foram as pernas, desde o calcanhar até a coxa, por isso, mal conseguia andar – parecia que cairia a qualquer instante.

Então, vieram os suores, e a mão encharcava em menos de um minuto. Por causa disso, parou de usar camisetas cinzas e passou a levar um casaco para o trabalho, mesmo se fizesse 38 graus. Assim, diante de qualquer emergência, ele sentiria calor apenas para não viver o vexame de a turma ver as manchas de suor embaixo de seu braço.

Também parou de comer, porque a comida não tinha mais o sabor de outrora. Nada descia pela garganta abaixo e, quando estivesse muito fraco, bebia um pouco de *refri*. Ele andava assim, meio desanimado com as refeições.

O último sintoma, e o que fez procurar ajuda, foi em sua pupila. Ela permanecia dilatadíssima a qualquer hora. Jogou no Google os sintomas: podia ser depressão. Fazia sentido, ele não estava 100% bem feliz e ativo. Realmente as coisas andavam difíceis...

Também podia ser abstinência. *Mas do quê?* Ele estava seguindo uma dieta *low carb*, já que estava se sentindo inchado. Talvez largar o pãozinho de trigo no café da manhã fosse grave. *Será? Uma possível abstinência de glúten? Isso existe?*

Além dessas duas causas, era possível que fosse ansiedade e, de fato, muita coisa estava acontecendo mesmo. Não se surpreenderia se esse fosse o diagnóstico.

Por fim, depois da segunda noite sem dormir, ele resolveu buscar ajuda médica, não era possível continuar daquele jeito. Ele não conseguia mais se concentrar no trabalho, nem nas aulas e às vezes nem no que as pessoas falavam. Podia ser mais grave do que ele pensava e com essas coisas não se brinca.

Lembrou-se de um tio muito próximo que suava assim e morreu antes dos 40 anos de um mal súbito. *E se fosse de família? Isola na madeira.* Não há de ser nada que uns dois ansiolíticos não resolvessem e ele provavelmente seguiria bem.

Assim, marcou uma consulta com uma médica clínica geral, recomendada por sua mãe, a doutora Fabiana, naquela mesma semana, na terça-feira, às 13h40. Chegou com trinta minutos de antecedência para garantir a pontualidade e pegou um café na sala de espera.

Recebeu uma ligação preocupada de alguém pedindo para avisá-lo, assim que pudesse, sobre o resultado da consulta. Então, um sorriso bobo, de canto de boca, apareceu. *Era bom se sentir cuidado para variar.*

Quando foi chamado pela doutora, entrou desabafando tudo. Contou sobre as mazelas, as dores, os suores, sua rotina, seu trabalho estressante, seus colegas de trabalho, o caso do tio que pereceu tão cedo e as questões com o glúten, e terminou falando que talvez estivesse esquecendo de algo, porque sua memória também não andava boa.

A doutora o observava com um certo ar materno, e de forma gentil, quase boba, quando perguntou:

"Qual o nome, querido?"

"Pedro Alcântara", respondeu prontamente.

"Não o seu. O da sua paixonite, meu bem...", retrucou a médica. Ele riu, mesmo achando que não era a melhor hora para piadas. Ela permaneceu séria e de forma doce completou:

"Esses sintomas são de paixão, meu bem. Não há nada que eu possa receitar a você além de tomar uma atitude e chamar, er... como é que os jovens falam? *Crush* – acho que é isso – para sair. O amor é, sim, um caso clínico, mas só se cura com doses – nada homeopáticas – de paixão."

Dessa vez ele não teve vontade de rir – mesmo a declaração sendo piegas – no fundo ele sabia que somente pensava em uma pessoa, sonhava com uma pessoa, queria ficar perto de uma pessoa e sentia borboletas no estômago quando encontrava uma pessoa.

Sentiu-se um idiota em pagar 300 reais em uma consulta particular para ouvir o que, de certa forma, já tinha certeza dentro de si.

Ao sair do consultório, recebeu a chamada da pessoa preocupada com ele. Mais uma vez, sentiu as borboletas no estômago, velhas conhecidas, antes de atender:

"Alô? Oi! Sim, acabei de sair. Acho que eu prefiro falar pessoalmente, Marcos. É mais complicado do que eu imaginei. Por mim podemos conversar hoje à noite. Sim, eu levo um vinho. Posso beber, sim, pelo meu diagnóstico, é quase uma indicação médica. Até mais tarde. Um beijo!"

Ir ao médico nunca tinha feito tão bem a Pedro. Nunca uma junção de hormônios tinha feito com que pensasse tanto.

A paixão é de fato uma *misturança* de hormônios, sensações e sintomas facilmente explicados pela ciência. Mas essas sensações nunca poderão ser medidas por miligramas, nem lidas em uma bula de remédio.

O amor é, sim, um
caso clínico, mas só se
cura com doses – nada
homeopáticas – de paixão.

14

Não se aprende a amar

Eles disseram

Sempre acreditei que amor é o tipo de coisa que não se aprende: ou você domina o assunto desde o primeiro momento na Terra ou, sinto muito, quem sabe em uma próxima encarnação. Mas, a questão é que a vida está o tempo todo disposta a nos mostrar que estamos mais do que errados sobre quase tudo.

Quem me ensinou que aprender a amar não só é possível, como é praticamente obrigatório ao longo da vida, foi meu vovô por parte de pai – isso porque ele era uma pessoa ruim. *Calma, eu explico!*

Vovô me chamava de meu amor, comprava chocolate para mim e, teve até uma vez, no meu aniversário, que ele me deu um bolero – aqueles casaquinhos minúsculos que eram febre na minha adolescência dos anos 2000 – e justamente da cor que eu queria. Além disso, ele também contava histórias incríveis sobre sua infância e preparava *chafé* para mim – era como chamava o café que tinha água demais.

Entretanto, diziam as más-línguas que eu tinha sorte, porque vivi a época boa do vovô. Já os meus primos, quase todos sofreram castigos, poucos sentiram o abraço forte e quentinho do Seu Cirilo, um ou outro teve o privilégio de ouvir "Eu te amo" vindo dele. Talvez eu tivesse mesmo sorte, ou talvez meu avô tivesse, no alto dos seus 93 anos, aprendido coisa demais nessa vida.

Também as mesmas más-línguas me contavam histórias horripilantes sobre um avô que eu parecia não reconhecer. Era um avô que brigava com a minha avó, muitas vezes era ruim com os filhos, gritava demais, expulsava familiares de casa, e não dava carinho algum: um avô tão pulso forte que despertava raiva em várias pessoas que deviam idolatrá-lo. Minha avó, conta minha família, morria de medo da brabeza dele. Para mim, não parecia ser o mesmo velhinho de olhos azuis que plantava cebolinha e descascava laranja-lima para mim. Alguma coisa tinha mudado aquele senhor, alguma coisa muito forte.

Eu não me lembro muito bem da minha avó Flor. Sei que ela morreu quando eu era muito nova e não tive o prazer de criar muitas memórias com ela. Mesmo assim, eu me lembro muito bem do dia de seu enterro.

Vovô não falou nada, e passou o dia sentado em uma cadeira, com as lágrimas correndo na barbinha rala e branca. Ele ficou em estado de dormência, ao olhar para o caixão de madeira. Lembro-me também de que espiei vovó deitada sobre as flores e pensei que ela podia estar apenas dormindo. Então, balancei de leve a sua mão, e ela não acordou. Ali, eu chorei e quem me abraçou foi meu avô – esse foi o primeiro abraço que ele me deu.

Depois desse dia, ele virou outra pessoa. Dançava comigo pela casa, levava-me para passear, passou a dar mais almoços aos domingo e a jogar dominó, além de começar a tomar caipirinha com os meus tios e até experimentou a comida, cheia de tempero diferente, feita pela minha mãe. Eu sentia no meu avô, mesmo tão velhinho, uma vontade de viver todo amor que há nesta vida.

Então, vovô se casou de novo, e começou a frequentar bailes e excursões da igreja. Ele também comprou uma jaqueta de couro e até aliança dourada. Usava boina e chamava a Dona Maria Francisca de meu bem, o que fez que eu sentisse um leve ciúme, confesso – em parte por querer honrar a memória de uma avó que eu mal conheci. Mas, o ciúme passou ao ouvi-lo cantar um sertanejo que tocava na rádio e dançar moda com a dona Chiquinha. Meu avô estava feliz! Meu vô estava amando!

Acredito que meu o vovô entendeu, no dia em que minha avó morreu, que não adiantava nada ser o cara durão. Mesmo porque, os filhos já estavam criados, ninguém tinha virado bandido – seu maior medo –, todos tinham saúde, e os netos estavam encaminhados... Por que ser tão frio se do dia para a noite tudo poderia acabar? Tratou tantas vezes com tanto desamor a minha avó que, ao vê-la no caixão, ele pedia perdão para o corpo frio, sem nem saber se ela podia ouvi-lo de algum lugar.

Enfim, ele percebeu que a vida é muito curta para não amar e, por isso, correu para aprender. Acho que eu, tão acostumada com carinho, também ajudei meu avô nessa caminhada, pois nunca neguei a ele um abraço, uma palavra de afeto ou o meu tempo. Assim, aos poucos, ele foi amando outras pessoas, indo para outros abraços e tendo mais ternura com quem viesse.

Meu vô aprendeu a amar muito depois dos 80 anos. *Antes tarde do que nunca!* As más-línguas diziam que eu tinha sorte, mas disso eu discordo. A verdade é que eu tinha mesmo era amor de sobra.

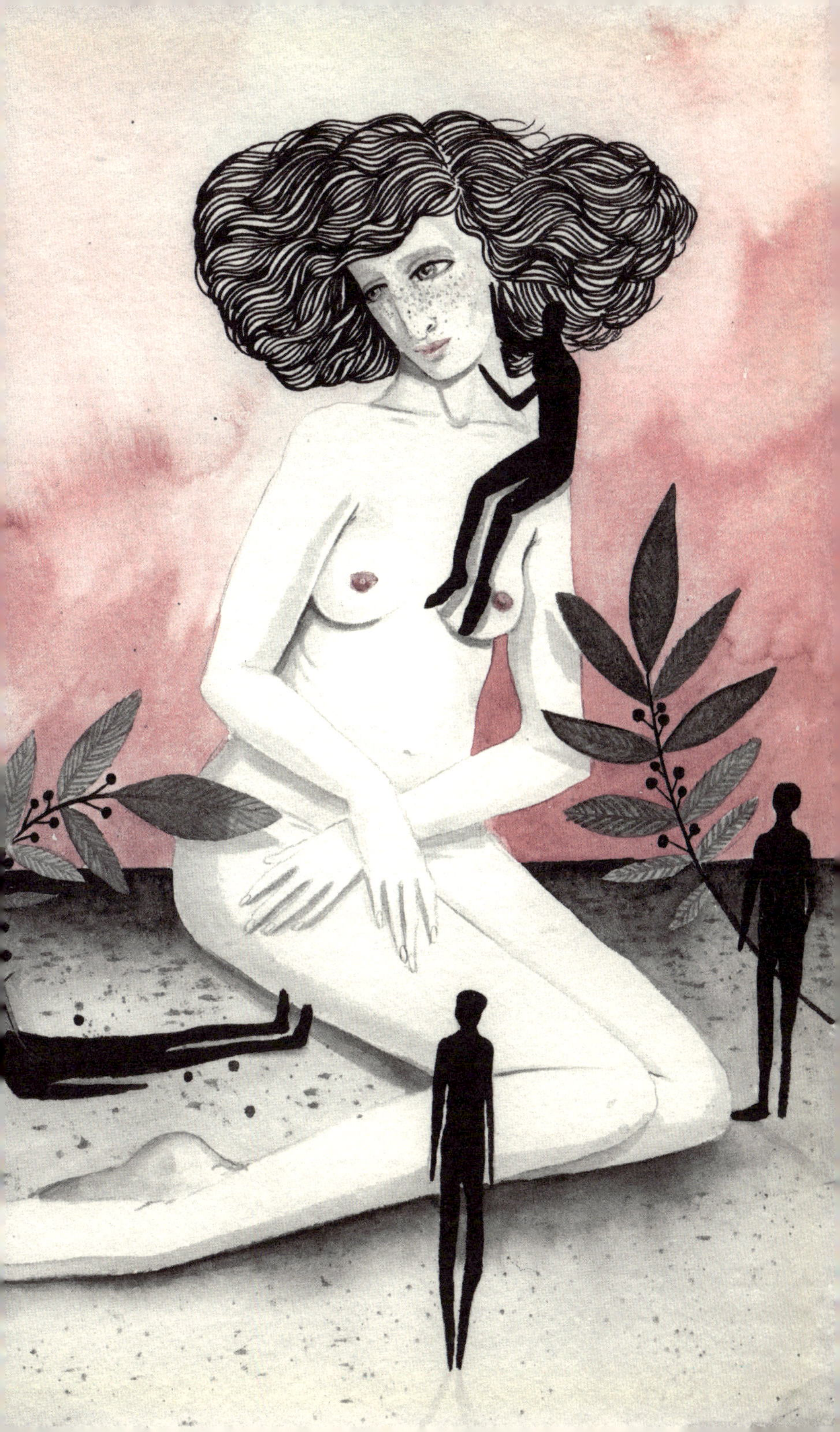

Enfim, ele percebeu que a vida é muito curta para não amar e, por isso, correu para aprender.

15

Só se pode amar uma vez?

Carta aberta aos
meus ex-amores

Não sei por qual motivo, mas sempre tive uma minifixação com o tema relacionamento. Eu já fiz inúmeros roteiros sobre esse assunto, além de alguns desenhos, vários textinhos e até mesmo um livro. *A-há!* Em uma das minhas pesquisas sobre o meu tema favorito, eu ouvi a frase: *"Se não existem duas pessoas iguais no mundo, por que haveria de existir dois amores iguais?". E, Deus meu, como isso é verdade!*

A gente sempre acha que o amor é um tiro, uma única chance, uma loteria. De fato o amor é raro – não me entenda mal –, mas não se ama uma vez só. Pode-se experimentar o amor nas suas mais variadas formas e quantas vezes for necessário. É possível ter milhares de amores ao longo da tua jornada: uns mais intensos, outros mais maduros. Também tem aqueles que incendeiam, apaixonados, e os que pacificam; uns que, às vezes, machucam, outros que engrandecem você. Mesmo assim, apesar de eu ser do tipo romântica, que acredita na existência de uma alma gêmea para cada ser humano do planeta, ainda não anulo o que senti por outras pessoas, porque o sentimento me fez chegar aqui. Todos os amores que tive me tiraram de um lugar e me colocaram em outro, independentemente de ser bom ou ruim, uma mudança ocorreu em mim. Todos eles deixaram seus vestígios de realidade, seja por aprender a gostar de Portishead, seja por ter ido para Inhotim, ou por aprender a ouvir e conhecer tantos outros artistas, ou ainda por aprender a ser uma boa empreendedora, e por entender também, por que não, o que não fazer em um relacionamento. Eles não foram amores iguais, e não passei pelas mesmas coisas, mas os amei! *Disso tenho certeza.* Todos eles ajudaram a me transformar de maneira tão profunda, que eu aceito o amor dessas pessoas em mim até hoje. Atualmente, eu vejo que estou mais apaixonada do que nunca, emanando inspiração pelos cantos, pois acredito, de todo coração, que encontrei alguém, que em vez de me completar, ele me transborda, me transpassa e me transforma. Se essa teoria de alma gêmea um dia for comprovada, eu aposto todas as fichas na pessoa que hoje eu amo, com todo coração. Mas sei, que se amo desse jeito, profundo, real e sincero, é porque errei e acertei o modo de amar muitas vezes. A todos os que amei um dia, eu agradeço. Obrigada! O amor de vocês fez de mim inteira.

Se não existem
duas pessoas iguais
no mundo, por que
haveria de existir
dois amores iguais?

16

Nada é para sempre

Amores eternos são coisas de filme?

    Seus avós mal se falam, e seus pais estão separados desde quando ela tinha 13 anos e sua irmã, 10. No caso dos tios, eles mais se traem do que ficam juntos. Enquanto os primos trocam de namorada como quem troca de roupa.

    Mas, ainda não acabou. Ela já viu o estagiário saindo com uma mulher no horário de trabalho, mesmo sendo comprometido.

    Seus melhores amigos terminaram os relacionamentos depois de cinco anos, e hoje nem se seguem no *Instagram*. Também tem a vizinha que desmanchou o noivado na porta da igreja. Era evidente que estava cada vez mais difícil acreditar em amor. Quando pequena, Bia era fascinada por histórias de romance, tanto que conhecia várias delas. Desde *Cinderela* até *Uma linda mulher*. Além disso, assistiu a todos os filmes da Katherine Heigl e decorou as falas das adaptações dos livros de John Green. Era *team* Jacob, torcia pelo beijo de Rony e

Hermione, e chorava horrores ouvindo as músicas da Taylor Swift.

No entanto, a vida foi mostrando que histórias de amor são muito boas para entreter e... só isso mesmo! Afinal, na prática sempre existia uma mensagem oculta, um *print* comprometedor, uma raivinha incubada, uma culpa ou, então, um desejo enorme de separação. Ao contrário das histórias de amor ficcionais, na realidade, as pessoas desistiam muito facilmente, sem nem precisar enfrentar uma dificuldade muito árdua, como um Alzheimer, como acontece em *Diário de uma paixão*. A mesma regra vale para os casos mais incompreendidos ainda, como o amor de um vampiro (?) por uma humana, como acontece em *Crepúsculo*. Na vida real, bastava-se um bate-boca leve para cada um ir para um lado.

Assim, foi fácil desistir de acreditar no amor, porque não faltaram motivos para descrer. Mesmo assim, ela tentou: namorou três vezes. A primeira com o Marcelo, quando tinha 16 anos. Aliás, a primeira vez de tudo foi com ele, inclusive o primeiro chifre. Marcelo ficou com a prima da Bárbara, sua melhor amiga na época. Elas descobriram a traição pelo Twitter, o que foi bastante traumático, mas não o suficiente para que ela não tentasse de novo.

Então, apareceu o Fabrício, aos 21 anos. Mas ele viajou para a Bélgica e prometeu voltar três meses depois, e não voltou. Depois, mudou o número de telefone e desapareceu das redes sociais. A última mensagem entre os dois foi um boa-noite enviado por ela, sem nunca ter recebido resposta.

Na última tentativa, Bia namorou o Carlos. Ele fazia tantas juras de amor eterno, repudiava tanto os traidores, era tão romântico que, quando ela viu o *Tinder* instalado no celular dele, demorou um pouco para acreditar em seus olhos. Carlos até tentou argumentar com umas duas desculpas diferentes, mas ela ignorou e, de tão calejada que estava por causa dessas situações, deixou a indiferença logo tomar o lugar da dor. Então, daquele momento em diante, Bia resolveu que amor era mesmo história para criança, e que a Disney devia alguns anos de terapia para ela, pois amor nenhum duraria para sempre — e essa era uma verdade indigesta para se engolir.

Resolveu que os relacionamentos estavam abolidos oficialmente de sua vida. Aquela decisão foi bem difícil para uma romântica de carteirinha que teve de admitir que o amor não existia. Doeu muito e de verdade. Mas, no fim, ela se acostumou e, no alto de seus 27 anos, estava conformada suficientemente para não se impressionar com mais nada. Continuava ouvindo histórias de traição, de términos e de pedidos de casamento sem esboçar qualquer reação, e até bocejou enquanto assistia ao filme *A verdade nua e crua* no Telecine. Enfim, a vida seguiu seu curso.

Bia chegou a mudar de faculdade umas duas vezes, até ingressar no curso de Gastronomia e se encontrar de verdade no mundo da confeitaria. *Se a vida não era doce, que ao menos sua profissão fosse.*

Logo, abriu um café, que virou um sucesso, e funcionava de segunda a sábado, servindo uma infinidade de bolos fofos e cafés fortes. Lá, ela usava o tempo para pensar em novas receitas, experimentar novas frutas, novos ingredientes e novas possibilidades. Estava feliz ali! Todos os sábados, Bia fazia questão de sair da cozinha para atender os clientes – alguns velhos conhecidos no balcão. Às 10h da manhã, com chuva ou sol, Seu Paulo chegava para visitar a confeitaria. Ele pedia um café médio e uma fatia de torta mineira para comer no local. Costumava cumprimentar todos, mas falava pouco, e se sentava sempre na última mesa.

E, ao sair, ele comprava uma fatia de *cheesecake* para viagem.

Em um sábado, faltou *cheesecake*, e Bia deu a triste notícia, esperando que ele escolhesse outro bolo entre a infinidade de doces expostos na loja. Ela explicou que o *cheesecake* tinha sido muito procurado naquele sábado, mas que o bolo de chocolate era novinho e estava muito fofinho! Seu Paulo ponderou, e com a voz baixinha perguntou:

"É possível fazer um *cheesecake* para eu levar?" Bia pensou um pouco e concluiu que demoraria uma hora para a torta ficar pronta. Já eram 10h30, e no sábado a confeitaria fechava às 12h. O tempo era suficiente, mas não seria muito inteligente preparar um *cheesecake* àquela hora, visto que o doce estraga muito rápido. Seria um grande desperdício apenas para retirar uma fatia. Por outro lado, não poderia dizer não paro Seu Paulo, que era um cliente fiel. *Teria que fazer, ué.*

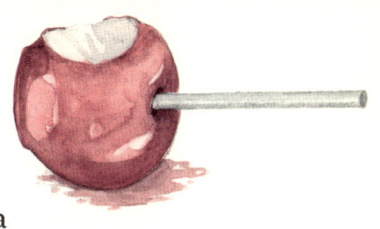

"Até posso, Seu Paulo, mas vai demorar um pouquinho, tudo bem?", explicou Bia, na esperança de ouvi-lo desistir do pedido.

"Não tem problema. Obrigado!", respondeu seu Paulo. *Droga, não foi desta vez!*

Ele sorriu fraquinho e voltou ao seu lugar na última cadeira da última mesa. Enquanto ela foi para cozinha, desanimada. *"Tem que gostar muito de cheesecake, viu..."* Então, separou a baunilha, o limão, o biscoito, mas não encontrou o *cream cheese*. *Ah, não!* Assim, foi até o Seu Paulo para avisá-lo.

"Ô, Seu Paulo, acabou o *cream cheese!*", avisou Bia na esperança de ouvi-lo desistir.

"Tem algum supermercado aqui perto? Eu volto rapidinho", oferecendo-se para buscar o ingrediente. *Droga, não foi desta vez!* A fixação pelo *cheesecake* estava chegando em um ponto assustador. Quem em sã consciência enfrentaria tanto por um pedaço de torta? Ela não se conteve e disse:

"O senhor gosta muito de *cheesecake*!". Soou mais debochado do que ela gostaria, por isso se prontificou em consertar logo:

"Sei que meu *cheesecake* é bom, mas nunca tive um fã tão fiel!", completou rindo. Seu Paulo era muito paciente, e sorria com olhos quando respondeu:

"Não é para mim, mas de fato sou muito fã do seu trabalho." Agora a história tomava outro rumo. Se nem era para ele, que ritual secreto é esse que ele fazia? Então, Seu Paulo percebeu que chegava a hora de contar a história.

"Se me trouxer um café por conta da casa, eu conto o que você tanto quer saber", disse, sempre sorrindo, é claro. No caminho da mesa do Seu Paulo até a cozinha, Bia pensou em muitas possibilidades para a história, desde um espião russo com um código secreto envolvendo *cheesecake* até um empresário do ramo da confeitaria querendo roubar suas receitas. Mesmo assim, ela pegou o café, algumas broas de milho com erva-doce, e se sentou de frente para ele.

"Espero que a história do senhor seja muito boa, porque já pedi para o meu funcionário trazer o *cream cheese*!", disse, enquanto ria da própria desgraça.

"Pois bem, a história não é muito boa nem muito misteriosa. *Cheesecake* é o doce favorito da minha filha e ela só consegue me visitar aos sábados, e é muito importante para mim. Às vezes eu não sou muito bom com as palavras, não sou muito de demonstrar afeto, mas sei que ela gosta de *cheesecake*. O sabor sempre vai ser doce suficiente para ela. É meu jeito de dizer que a amo", explicou, com um sorriso tímido no final.

Bia agradeceu a sinceridade, sem esboçar reação, se despediu e foi para a cozinha. A história realmente não tinha nada demais, mas ela chorou. O amor existia, afinal. Ela podia senti-lo. Não importa quais sejam as formas, os jeitos, ou as pessoas: o amor está sempre ali.

Preparou a torta com muito carinho e, quando ficou pronto, colocou o *cheesecake* em uma caixa bonita, embrulhou-a com uma fita vermelha, e ainda apanhou umas flores e escreveu um bilhete para compor o presente. Assim, deixou o pacote em frente à porta da casa de Seu Paulo, com uma promessa de que ele teria tortas grátis quando precisasse. Seu Paulo não pagava mais doce nenhum na loja da Bia. Afinal, o que Seu Paulo fez por ela foi muito mais do que ela fez por ele, ao devolvê-la para si.

O amor faz parte da vida, seja romântico ou não e, independentemente de quantos dias, semanas, meses e anos ele dure, com certeza, foi real em algum momento. O amor assume muitas formas. Que a vida tenha mais amor a partir de hoje e que seja doce – como a torta do Seu Paulo.

O amor faz parte da vida,
seja romântico ou não e,
independentemente de
quantos dias, semanas,
meses e anos ele dure,
com certeza, foi real
em algum momento.

17

"É uma cilada, Bino!"

Todas as metáforas são ruins

As expressões "Estou caidinha de amor", "Estou perdido de amor", e até mesmo a palavra *crush*, cuja tradução é colidir ou esmagar, não se salvam da lista de péssimas metáforas para o amor.

Se a gente pensar com calma no modo como falamos sobre paixão e relacionamento, começamos a entender que boa parte da nossa frustração no assunto está justamente na comunicação. Nunca, mesmo inconscientemente, tratamos amor de forma positiva e leve.

Entendo que pode ser loucura, ou uma brisa muito profunda, que parece sem fundamento algum, mas basta a gente pensar em relacionamentos passados para conseguir captar a essência do que tenho dito: reforçamos tanto que amor é uma coisa ruim, descontrolada e incoerente, que passamos a acreditar que para haver amor, é necessário, antes de tudo, ser ruim. Então, começamos a desejar o drama.

É verdade que a gente se irrita quando briga ou se somos vítimas do ciúme. Também é fato que ninguém gosta de discutir ou de sofrer por amor. Mas, por outro lado, parte de nós sente um alívio, pois o senso comum confirma que se está sofrendo de amor, está amando da maneira certa.

Diariamente somos bombardeados com diversas informações que transmitem ao nosso inconsciente a mensagem de que o amor é algo pesaroso e difícil. É comum ouvir que se você está mal no amor é porque está bem no trabalho, também é normal ouvir que o sexo pós-discussão é o melhor que existe e o casal que não briga é porque não se interessa um pelo outro.

Percebe como nós mesmos boicotamos a normalização do amor saudável? Estamos, ainda que sem essa intenção, propagando um amor doloroso e complicado como a forma ideal de se relacionar.

Então, espero que a gente consiga, com lucidez sobre o assunto, começar a mudar essas metáforas e esse modo de pensar, e passar a tratar o amor de um jeito bonito, como: "Estou levitando de amor", "Eu me encontrei apaixonada", "Estou iluminada pela paixão". Além de enxergar que transar depois de um carinho e de palavras de afeto é melhor que qualquer briga e desentendimento.

Quando se está feliz no amor é possível ter ainda mais força de vontade para ser feliz nas outras áreas da sua vida. Enfim, o amor é bom! Desejo que isso se torne uma verdade enraizada nas pessoas, e que a gente consiga achar muitas outras coisas bonitas para descrever esse sentimento. Toda palavra positiva sobre amor é permitida. Amor livre e bem interpretado, sempre!

Reforçamos
tanto que amor é
uma coisa ruim,
descontrolada
e incoerente,
que passamos a
acreditar que para
haver amor, é
necessário, antes
de tudo, ser ruim.
Então, começamos
a desejar o drama.

18

A era do *fast love*

*Há mais pessoas no **Tinder** do que no mundo*

Uma rede de lojas produz, em média, 12 mil modelos de roupas, que são fabricadas em torno de uma semana e chegam para o consumidor final na média de quinze dias. Em outras palavras, se visitarmos as lojas quinzenalmente, veremos roupas completamente diferentes, com novas cores e peças. O processo é muito rápido. Dessa mesma maneira ocorre no ramo calçadista. O comércio renova os pares de sapatos por volta de duas vezes ao mês.

Somos de uma geração que exige rapidez, em que tudo precisa ser de imediato. Além disso, consumimos sem precedentes e desejamos, e até mesmo exigimos, cada vez mais de tudo o que existir. Também somos uma geração cada vez mais conectada. Em média, um brasileiro passa 9 horas e 14 minutos conectado à internet – somente usando o *Instagram*, são no mínimo 1 hora e 30 minutos. Por causa disso, e ironicamente como nunca visto, somos uma geração de pessoas cada vez mais sozinhas.

Essa geração passa horas assistindo a vídeos sem nenhum valor agregado, mas não dispõe mais de trinta minutos para conversar com os avós. Enfim, a medida de tempo anda meio deturpada, e as pessoas – e eu me incluo nessa – estão cada vez mais distante do mundo real. A internet nos torna solitários, mas é a ela que recorremos se nos sentirmos sozinhos.

Entretanto, há mais atrativos que nos prendem ao computador além de vídeos fofos de gatinhos, discussões políticas e compras on-line: a praticidade. Se quiser um sorvete às 22h, você consegue em alguns cliques; se precisar fazer check-in do voo, comprar e reservar um hotel, e até mesmo falar com alguém a milhares de quilômetros de distância, você consegue apenas usando as pontas dos dedos nos aplicativos corretos. Internet significa praticidade!

A facilidade que estar conectado nos proporciona chegou em todos os cantos do mundo, mas também em todas as áreas da nossa vida, incluindo o amor. Não é preciso procurar muito para achar sites, aplicativos ou páginas dedicadas a relacionamento. Tornou-se quase impossível não conhecer alguém que já usou algum desses artifícios para tentar encontrar a sua cara-metade. Se você não conhece ninguém que tenha entrado nesse mundo, possivelmente tenha sido você a criar um perfil em algum site por aí. Sem julgamentos!

 As possibilidades são infinitas, desde o *Tinder* ao *Grindr*, passando pelo *Happn* até o *Adote um cara*: todos com a finalidade de encontrar um *match* perfeito. Em cada um desses aplicativos você se apresenta como bem entende, escolhendo a sua melhor fotografia e a melhor maneira de se descrever, depois, colocando sua idade e seu nome. *Pronto!* A partir daí, jogou para o mundo o seu cartão de visitas.

 Há quem tenha sorte de receber um *like* dos sonhos, com alguém cujo papo seja bom, marcar um encontro e, quem sabe, até ter um romance. Por outro lado, tem gente que acumula curtidas de gente bonita para alimentar o ego, mas com zero pretensão de namorar. E ainda existe o time dos que apenas querem pegação e que acham divertido, e lógico, prático, utilizar da internet para isso.

 Eu me enquadro entre as pessoas que sempre tiveram certo preconceito com esses aplicativos. Pensava, sem exceção, que matava-se o romantismo, afinal, não há o primeiro olhar nem o toque das mãos; não se ouve a voz da pessoa no primeiro minuto, nem é possível sentir se o cheiro do outro agrada você. Sempre achei um desserviço ao amor.

A minha certeza se baseava em duas grandes verdades, criadas por mim:

1. Era frio demais começar um relacionamento olhando as fotos de alguém e tocando no botão *like*. Afinal, há diversas pessoas incríveis que tiveram seus perfis descartados por causa de fotos mal tiradas, poses que desfavorecem, e de uma descrição pouco divertida. Para mim, aplicativos não eram democratizadores do amor.

2. Seria uma péssima história de casal, com o diálogo mais triste de todos os tempos: "Onde vocês se conhecerem?", alguém perguntaria, e o casal responderia: "Ah, foi no *Tinder*". Enfim, triste demais. Mas, o processo de crescer envolve refletir sobre suas verdades inquestionáveis e questioná-las. Então, decidi fazer isso com as minhas.

Com minha verdade número 1 de teorias irrefutáveis, eu descobri que era pura hipocrisia, pois de nada adianta estar ou não separado pela tela do computador, a nossa primeira linha de descarte é justamente a figura da pessoa. Ninguém que acha a outra pessoa feia, ou não estilosa, ou não interessante vai investir nela mesmo assim, dando o benefício da dúvida de que talvez ela seja uma pessoa incrível. Costumamos separar as pessoas que temos interesse ou não, muito pela aparência, independentemente de ser uma fotografia ou de ser ao vivo.

Além disso, a primeira conversa também conta muito, porque, mesmo se a pessoa salvar os peixes-boi, falar oito línguas, saber cozinhar, de nada vai adiantar se ela não entendeu aquela piada que você fez, ou se nunca ouviu The Smiths, por exemplo. Colocamos os referenciais que queremos e esperamos para as respostas que queremos, sejam pelo *Tinder* ou ao vivo em uma balada. A questão é que a conversa inicial pode ser incrível ou uma merda em qualquer uma dessas situações.

A minha verdade número 2 de teorias irrefutáveis foi mais difícil de vencer. Sempre tive um apego especial por histórias de amor e dificilmente ouvimos uma linda história de paixão que começou em uma página com caracteres predefinidos por um analista de sistemas. No meu íntimo, pensava que seria triste conhecer o amor da vida em uma página com centenas de milhares de pessoas buscando a mesma coisa, porque soava desesperado e triste. Hoje vejo que errei ao pensar assim.

Certa vez, li uma frase que dizia que o primeiro encontro, embora todo mundo pergunte como foi, é o que menos conta sobre a história de um casal. Isso porque, nos primeiros encontros, estamos munidos dos nossos personagens sociais querendo impressionar o outro a todo custo e fazendo de tudo para sermos aceitos, logo, somos uma mentira. O correto, ao questionar um casal, seria perguntar o que os fez permanecer juntos, no presente, e não o que os fez começar. Isso seria mais justo e muito mais bonito de ouvir.

Um casal não tem o preço do momento que começou. Afinal, o mais importante da história é a parte que ainda não foi escrita. *Essa sempre vai ser a melhor parte!*

Dito isso, acho que devemos parar de consumir tanta *fast fashion*, porque não faz bem para o planeta e, mais do que isso, penso que também podemos diminuir as horas gastas na internet e fazer mais leituras, desenhar, conversar com os nossos avós. Mas, não vejo problemas em buscar o amor por meio do Wi-Fi.

O amor tudo pode e nada teme, seja para se divertir ou para se casar, o fato é que sua intenção e seu carinho não podem ser medidos por gigabytes. O amor, assim como a internet, nos mantêm conectados.

O amor, assim
como a internet,
nos mantêm
conectados.

19

Se apaixonar é a parte fácil

Ninguém fala do pacote que vem junto

Arrepios, ansiedade, dor de estômago e, às vezes, de cabeça também, falta de apetite e dispersão: esses são apenas alguns dos muitos males que podem atingir um ser humano apaixonado. Porém, mesmo com tanta desgraça, se apaixonar continua sendo a parte mais fácil de um relacionamento.

Isso porque o objeto de paixão não possui defeitos imediatos, logo, não existem brigas, discussões ou discordâncias. Quando conversam sobre a família, é comum descrever aquelas de margarina, com muito amor e *aprochego* e, no caso do trabalho, tudo sempre parece ser maravilhoso, ou seja, não há motivos para ter medo.

O primeiro encontro é, quase sempre, em um lugar legal, ambos se esforçam, gastam um pouquinho a mais e ainda cometem a loucura de pedir um vinho no jantar – mesmo sabendo que a garrafa ali custa 98 reais. Enfim, tudo está programado para ser perfeito. As portas dos carros são abertas, uma frase de efeito precede o primeiro beijo e o possível convite: "Na próxima sexta eu estou livre...".

Então, a partir daí, instaura-se a tensão do segundo encontro. *Quem deve mandar a primeira mensagem?* Até que uma mensagem chega no *WhatsApp*: *"Seu cheiro ficou em mim"*. Pronto! Está autorizado ir para a próxima fase.

O segundo encontro é marcado e ele é ainda mais importante que o primeiro, porque ali você fala sobre seus defeitos aceitáveis para a sociedade, como "Sim, sou perfeccionista, sim!", comenta um pouco sobre sua família sem grandes detalhes, e sonda, de leve, o que a pessoa pretende viver com você, um *affair* ou casamento. Exagerado, eu sei, mas dá pra ter uma noção no segundo encontro, vai por mim, pelo menos se a pessoa tem essa intenção ou se está disposta a um relacionamento.

No terceiro e quarto encontros você se solta mais, faz um piada que não deveria, usa de uma ironia ou outra e até bebe o quanto costuma beber. Mas, não compra mais o vinho caro e já se sente na liberdade de sugerir que saiam para um lugar mais tranquilo, afinal, não dá pra gastar 100 pila todo sábado. *Calma lá.*

Apenas depois de muitos outros encontros você vai conhecer os amigos, parte importante do ciclo social. Esse é o evento que sempre precede a visita à casa da família para conhecer os pais, as mães, porém, somente, é claro, se você for aprovado pelos amigos.

Na roda de amigos, geralmente, tem o melhor amigo e os outros não tão próximos assim, mas ainda assim muito importantes. Quanto mais pessoas gostarem de você nesse ciclo de amizades, mais de boa o relacionamento se desenrola. As pessoas podem até dizer que a opinião dos outros não importa, mas são obrigadas a admitir que, se os amigos gostam do seu parceiro ou parceira, as coisas ficam mais fáceis.

A próxima etapa começa a complicar de verdade: visita à família. Falem o que quiser, conhecer seu sogro ou sogra, ou quem sabe os dois ou as duas, é aterrorizante. Nesse momento que você percebe se a família dele ou dela é ainda mais louca que a sua, se tem algum tipo de preconceito, se faz coisas esquisitas demais para você, se fala muito alto, ou se briga muito.

A família diz muito sobre a pessoa que você está conhecendo, logo as coisas podem ir "por água abaixo" a partir desse encontro. *Mas não fica nervoso. Respira!* De qualquer modo, não que eu tenha muita experiência com isso, acredito que se a família não gostar de você, outra dificuldade se instaura. Imagina passar o resto da vida fugindo dos domingos em família? Não é impossível, mas é muito mais confusa uma vida a dois sem apoio dos familiares. Essa dinâmica mexe muito mais com a gente do que podemos supor. *Mas, não fica nervoso, ainda não chegamos na pior parte do relacionamento.*

Um tio meu costumava dizer que ficar com alguém é a coisa mais certa para dar errado, e eu não discordo. São duas pessoas com vidas diferentes, objetivos distintos e educação nada semelhante que se juntam para construir uma vida. *Não parece uma piada?* Enfim, vamos à parte mais difícil.

Supomos que os encontros que vocês tiveram foram perfeitos, e que os amigos aprovaram sua presença naquele círculo social, e ainda por cima você e a família se amaram em igual intensidade. Então, logicamente, é normal que o casal comece a conviver mais. É a partir daí que o caos se instaura.

A convivência é um perigo, porque com ela percebe-se como as coisas são muito mais loucas do que pressupunha sua mente apaixonada. Desse modo, as coisas pequenas podem tomar uma proporção gigantesca, como o jeito de guardar o doce de leite – com ou sem aquela tampa interna feita de alumínio –, ou se costuma lamber a tampa do iogurte, se joga fora o potinho no lixo normal ou reciclável, ou ainda se baixa a tampa do vaso sanitário ou deixa eternamente levantada.

Todas essas coisas do cotidiano parecem muito pequenas, mas no fundo elas vão criando raízes no relacionamento e, de repente, estouram. Já conheci casais que terminaram porque o marido nunca abria o pacote de *cream cracker* na fitinha vermelha onde está escrito "abra aqui". O raciocínio era simples: se ele não podia obedecer a uma ordem tão clara, boba e necessária como poderia deixar de traí-la? Exagerado e até meio assustador, né?

Certa vez, uma tia, recém-separada, confessou que passou a odiar tudo que admirava no marido, como o cheiro de cigarro, que antes era meio charmoso, com uma *vibe bad boy*, se tornou nojento e insuportável – ao me contar, ela usou palavras menos carinhosas que as minhas. Além disso, o gosto por futebol que antes era considerado um *hobbie* saudável, mas que tinha virado uma "obsessão imbecil", depois de doze anos, sem falar no bigode que de "vintage" passou a ser "escroto" em pouco mais de uma década. Se algo no mundo tem o poder de acabar com o amor, com certeza é a convivência, mas quando ela é automática. *Essa sim é cruel!*

A convivência nos ilude com a falsa sensação de segurança e, por isso, achamos que não necessitamos mais conquistar o parceiro ou a parceira. Assim, acabam-se os elogios, os carinhos, os mimos, e abre-se espaço para a irritação, nem mesmo as pequenas coisas escapam. Tudo conspira para o fim.

Existem dois tipos de casais que duram muito, os muito conformados que aceitaram uma relação sem graça, e têm preguiça de mudar, e os inconformados com a mesmice que estão sempre prontos para amar de um jeito diferente a cada dia.

    Os casais inconformados são os que eu mais admiro, porque eles entenderam que se apaixonar é a parte mais mamão com açúcar, molezinha de todo o rolê, seguir em frente é a parte mais difícil. Namorar é lindo, mas o pacote que acompanha o relacionamento é muito complicado, afinal, todo mundo tem uma família, uma casa, uma educação e um jeito de guardar o doce de leite na geladeira.

    A grande questão dessas relações existe em como se lida com tudo isso e aonde se quer chegar, afinal. Escolhas que parecem bobas decididas hoje podem ser cruciais para estar entre um casal que vive junto há 40 anos apaixonado e um que termina por não se suportar mais.

    Lembre-se sempre do porquê se apaixonou. Seja gentil, seja amoroso, seja carinhoso, seja respeitoso e, pelo amor de Deus: jogue fora a tampinha de alumínio do doce de leite! Isso é anti-higiênico.

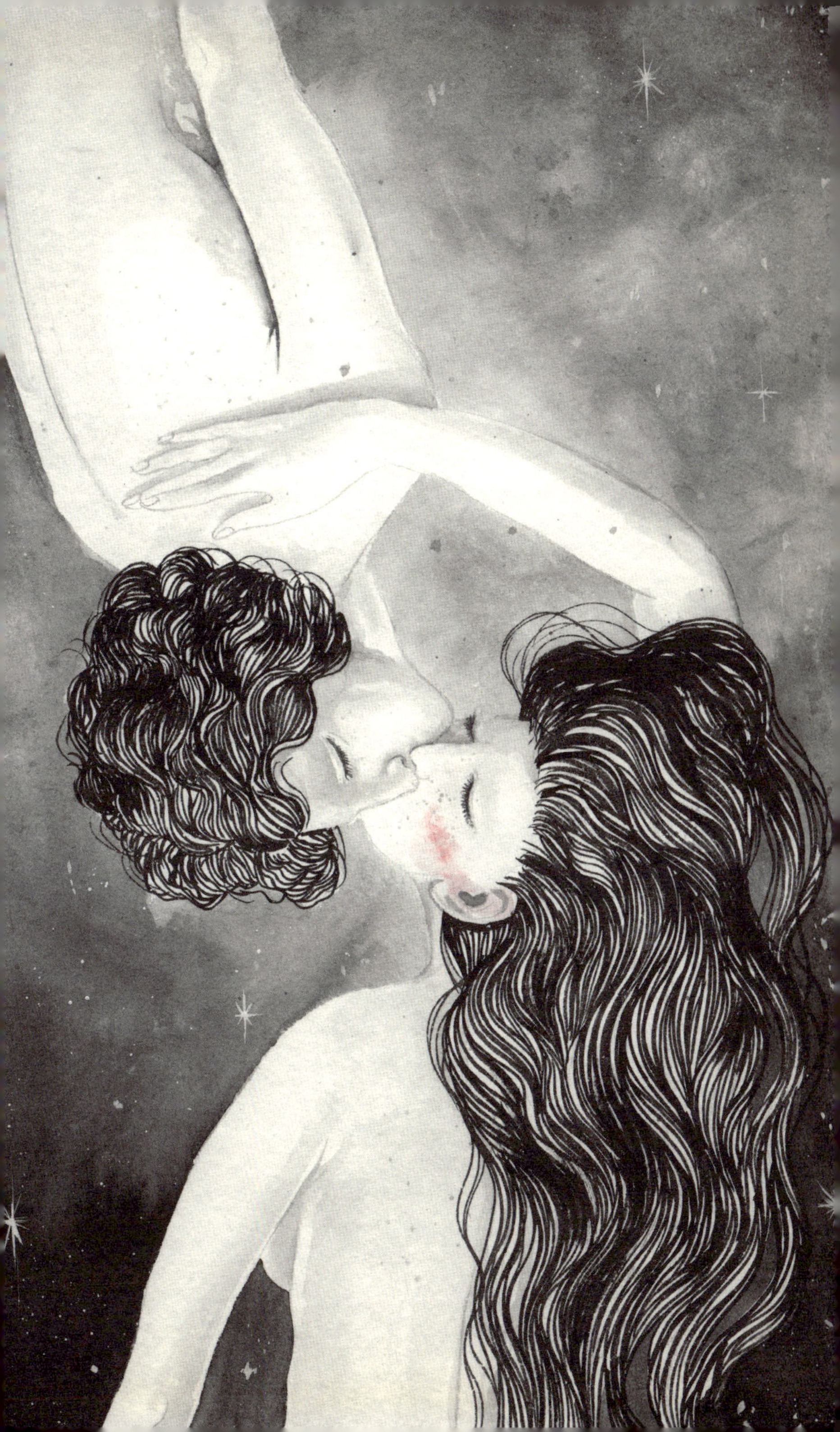

Existem dois tipos
de casais que
duram muito, os
muito conformados
que aceitaram uma
relação sem graça,
e têm preguiça
de mudar, e os
inconformados
com a mesmice
que estão sempre
prontos para
amar de um
jeito diferente
a cada dia.

20

O mundo é dos amantes

Você tem amado demais?

Algumas pessoas têm iniciativa pelo medo, outras pelo desespero e, algumas outras, um tanto quanto calculistas, apenas depois de muito estudo prévio e racionalidade. É possível chegar em algum lugar com qualquer uma dessas atitudes, mas o caminho apenas é bonito, leve, e prazeroso quando se toma iniciativa por paixão.

A paixão é um ingrediente fundamental para a felicidade. Não que eu seja especialista, mas sou muito observadora. Observo, por exemplo, a minha mãe, que prepara o misto-quente mais maravilhoso, e, mesmo que eu use a mesma quantidade de leite, de achocolatado e o mesmo copo, meu *Nescau* não fica igual, minha mãe cozinha por paixão.

Sustentou a gente trabalhando com isso, é verdade, porém não se trata de dinheiro ou simplesmente de ter um emprego, mas sim do fato de que minha mãe vê na comida um jeito de amar. Quando eu ficava doente, ela fazia minha comida favorita.

A mesma coisa acontece, até hoje, quando volto de uma viagem longa.

Além disso, todas as nossas vitórias, sem exceção, são comemoradas com jantares deliciosos, já que minha mãe tem prazer em servir um alimento que aquece também o coração além de encher a barriga. É até bonito de vê-la preparando qualquer coisa, porque enquanto cozinha, sente o cheiro dos temperos, experimenta pouco e ousa muito, quase nunca usa receita, e às vezes cantarola Marisa Monte. Ela faz arte no fogão.

Há quem tenha paixão por coisas menos artísticas. Dois contadores, apaixonados pelo trabalho, podem arrancar lágrimas do mais sensível coração falando sobre balanço geral e imposto de renda, se realmente amarem de verdade esse assunto. Ou um dentista entusiasmado com o trabalho pode fazer seu paciente acreditar que determinado procedimento nem dói. No caso de um médico, que faz o possível para salvar a vida de alguém, mesmo quando não há esperança, é pura paixão.

Sempre que penso sobre isso, eu me lembro daquele senhor, gari, que ficou famoso por limpar as ruas sorrindo e dançando, porque a paixão comove, solidariza, emociona e deixa a felicidade vir à tona, não por coincidência esse senhor é conhecido com Renato Sorriso.

Escolher viver com paixão nem sempre é fácil, afinal, o caminho quase sempre é duvidoso, nem sempre é adequado financeiramente, e muitas vezes pode ser meio confuso. Mesmo assim, viver sem paixão pode ser infinitamente pior.

Não sou insensível a ponto de ignorar que há pessoas que não puderam escolher viver com suas paixões, quaisquer que sejam elas, por diversos motivos, e, por isso, sou solidária a elas. Tenho consciência de que faço parte de um grupo privilegiado de pessoas que vive com muita paixão todos os dias, e fico triste em saber que nem todo mundo pode experimentar isso. Paixão move!

Viver de paixão transforma o mundo e isso é engrandecedor. A gente cresce ouvindo que amar demais machuca, mas nada dói mais que viver sem paixão. O mundo é daqueles que amam. O mundo é dos amantes, queira a gente ou não.

Escolher viver com paixão nem sempre é fácil, afinal, o caminho quase sempre é duvidoso, nem sempre é adequado financeiramente, e muitas vezes pode ser meio confuso. Mesmo assim, viver sem paixão é infinitamente pior.

21

O amor não é mais o mesmo

Tudo mudou

Muita gente infla o peito e enche a boca para falar que antigamente o mundo não era "essa pouca vergonha de hoje". Por vezes, cerram os olhos e fecham os punhos, descrevendo as barbaridades do mundo moderno, afirmando coisas como "No meu tempo não era assim...", seguidas de umas outras frases contando de uma época que nem se tem certeza de que ocorreu, mas cujas memórias foram endossadas pelo tempo.

O amor é sempre o maior alvo dos julgamentos. Quando se trata dos casamentos, por exemplo, é comum vê-los assegurar que antigamente duravam mais, porque as pessoas não se separavam por pouco coisa, as famílias se mantinham unidas, além de não existir essa "pouca vergonha" de casais homoafetivos.

Mal sabem, ou sabem e preferem esconder, que os casais não se separavam por não terem essa opção; muitas mulheres, como nossas avós, tias e mães, sofreram diversos abusos. Como não havia suporte, inclusive familiar, para essas mulheres, tampouco quem acreditasse em suas histórias, elas não tinham outra opção a não ser se manter em casamentos tóxicos.

Os LGBTQIA+, que sempre existiram, morriam sem poder expressar o que são, já que eram vistos como pecadores e, portanto, se casavam, tinham filhos, levavam uma vida "normal" – que de normal não tinha nada – para sobreviver.

Mesmo assim, o que se diz é que errados são os casais modernos, desses que terminam, reatam, voltam, esses que abrem, ou fecham, os ainda monogâmicos ou os que se relacionam a três, e são formados por gays, trans, bis, lésbicas. Afinal, os casais modernos não têm *shape*. *E estão errados?* Casais modernos não têm perfil, mas algumas coisas são quase de praxe: o casal 2020 é sempre formado por uma pessoa friorenta e uma calorenta.

Esses casais passam mais tempo escolhendo o que assistir na *Netflix* do que de fato assistindo algo, e sempre um deles é um grande fã de *Friends*, enquanto o outro prefere *How I Met Your Mother*. O casal 2020 é de um baladeiro, com um que gosta mais de barzinho. O casal 2020 é de uma pessoa que até gosta de um que vive na academia e outro vai para forca, mas não faz um cardio.

O casal 2020 morre de medo de entrar na rotina, porém, ao mesmo tempo tem um trilhão de rituais; e se preocupa com a própria saúde mental e a do parceiro ou da parceira; adormece grudado, e quando acorda cada um está em uma ponta da cama. Também costuma dividir quase tudo, como as roupas, a sobremesa, a conta do *Spotify*, o peso do dia a dia e o preço do *Uber*.

Esse tipo de casal às vezes pode ser romântico, comprar flores e deixar bilhetinhos carinhosos, mas discute pelo *WhatsApp* e depois fala: "Vamos falar pessoalmente? Por aqui não dá!"; são formados por uma pessoa que gosta de doce e outra que prefere salgado e fica de olho incessantemente nas promoções do *Decolar.com* para ver se conseguem tirar aquelas tão sonhadas férias. *Geralmente não rola.*

O casal 2020 se marca em memes e fica chateado se não recebe uma risada; faz figurinha de foto ridícula um do outro e manda no grupo dos amigos; fica bêbado junto, mas um deles, geralmente, para de beber um pouco antes e deixa o outro *despirocar*; e é formado por um que dorme até em pé e outro que não dorme nem com reza braba.

O casal 2020 demora mais para decidir o que pedir para comer do que comendo de fato, e um deles ri de tudo, enquanto o outro não ri de nada; é composto de alguém que ama mandar áudio e um que odeia receber; de uma pessoa fã de *rock* e outra que gosta do Chiclete com Banana.

    Enfim, o casal 2020 é formado por duas pessoas ou mais — um beijo aos trisais de sucesso! — que estão juntas porque querem, porque se amam, e que entendem que não precisa ser eterno para ser real. O amor mudou muito, ainda bem!

O amor mudou muito,
ainda bem.

22

O amor da vida real é menos bonito

Os contos de fadas não se parecem com o dia a dia

Sempre gostei de ler. Eu era uma devoradora de livros e ficava horas na biblioteca. Matei muitas aulas de educação física para ler escondida embaixo da escada – fato que justifica a publicação deste livro, e também a falta da barriga de tanquinho.

Muitos livros mudaram minha vida, como *1984*, de George Orwell, *Dom Casmurro*, do Machado de Assis, e *Harry Potter*, da J. K. Rowling, a qualquer obra do Neruda. Entretanto, um deles despertou em mim o desejo de estar em um romance: a leitura de *Orgulho e preconceito*, de Jane Austen. Essa obra fez eu me apaixonar por histórias de amor. Para quem não conhece a obra dessa autora, aqui vai um pequeno resumo – que nem de longe consegue abranger a magnitude que tem o livro.

Elizabeth Bennet, a personagem principal, é a irmã mais velha de uma família pobre e, por ser a mais velha, sofre uma pressão terrível para se casar logo. Sua mãe faz questão de não esconder suas intenções, ao conhecer o Sr. Darcy – um homem bonito e bem rico. Lizzy, como é apelidada, fica um pouco interessada no rapaz, mas ele parece ter um jeito tão babaca e orgulhoso – estilo *bad boy* do século 19 – que a deixa coberta por preconceitos. *A-há! Entendeu a pegada do nome?*

Em resumo, depois de um monte de acontecimentos – Sr. Darcy impede uma irmã dela de se casar com o amigo, depois ajuda a outra irmã dela, então pede desculpa, fala que ama... Um fuzuê! –, eles acabam deixando o preconceito e o orgulho de lado e ficam juntos. Meu coraçãozinho de 13 anos bateu mais forte ao ler esse livro, e eu fiquei apaixonada pelas personagens.

Descobri que tinha uma adaptação para o cinema, e que Lizzy é interpretada pela Keira Knightley. *Pronto!* Então, virou meu filme favorito, meu casal favorito, minha história favorita e até tentei que fosse minha autora favorita, mas nenhum outro livro da genial Jane Austen me conquistou como esse.

Assim, segui fascinada por mais uns anos, à espera de um Sr. Darcy para chamar de meu. Com tanta coisa que o mundo exige da gente quando crescemos, eu fui esquecendo do meu primeiro grande amor. Então, abri espaço para as provas, os vestibulares e os empregos.

Faz algum tempo que, quando cheguei em casa, cansada, escrevi um pouco e fui para a frente da televisão em busca de qualquer coisa que não me fizesse pensar por alguns poucos minutos em roteiros, textos e obrigações – um momento de *Spa* para os meus neurônios. *Tadinhos.*

Em meio a tantos canais, tive a grata surpresa de pegar o comecinho do filme *Orgulho e preconceito* sendo transmitido pelo *Telecine Touch*! *Aquele momento era meu!* Corri para estourar pipoca, apaguei as luzes, liguei o ar-condicionado, e peguei até uns lencinhos, caso uma choradeira se desenrolasse.

Assisti aos primeiros minutos de filme, depois a primeira hora – é um filme longo, já aviso! –, depois bocejei na cena do baile – que era a minha favorita aos 13 anos. Quando acabou o filme, eu nem esperei para ver se passaria a cena extra, que tem somente no DVD.

Olhei cabisbaixa para a tela da televisão já desligada, enquanto remexia os grãozinhos de milho não estourados do pote e pensei: *o que aconteceu comigo?* Não significa que eu não goste desse filme até hoje, não é isso, pois continuo amando as paisagens, a trilha sonora sensacional, a cena da chuva – ainda é muito emocionante – e adoro a fotografia. *Mesmo!* E sim, ainda *shippo* Darcy e Lizzy. Mas não me impressiono com histórias de amor que não são tão reais assim.

Talvez eu seja mais criteriosa, e um pouco mais entendida de história do que eu era, para saber que um cara ricaço da Inglaterra de séculos atrás não se interessaria facilmente por uma pobre camponesa, cheia das irmãs malucas e com uma mãe pior ainda. Em pleno século 19 os casamentos eram quase todos arranjados e pautados unicamente no interesse. Mas, ainda que isso pudesse acontecer, aquela história toda de cruzar o estado para encontrar a irmã dela perdida e não querer que ela saiba disso apenas porque ele é bonzinho, sem nem conhecer ela direito, é um pouco surreal. *Sério, eles se viram meia dúzia de vezes... e só!*

Ou, então, ele correr atrás dela na chuva para pedir sua mão em casamento, sendo que eles nem flertavam, apenas trocaram uma ou duas indiretinhas e nada mais! Não sei, não parece impossível, mas também não parece palpável.

De qualquer modo, a questão é que agora sou mais apaixonada por histórias que são verossimilhantes, e que poderiam acontecer comigo. Gosto de ouvir histórias de casais que se conheceram na faculdade, no trabalho, no intercâmbio, ou que sempre foram amigos e em um belo dia se apaixonaram. Ou ainda, casais que foram apresentados por colegas ou que se conheceram no *Instagram*, por exemplo.

Para mim, a realidade de casais que brigam, que dançam, que têm uma música do primeiro beijo, que têm piada interna, que pedem pizza, que cozinham juntos, que brindam as vitórias e se apoiam nas derrotas, parece mais interessante. Gosto de casais reais, ou mais reais possíveis.

Mais uma vez peço que não me leve a mal. É claro que ainda gosto muito desse livro – segue na minha lista de favoritos –, e acho a história bonita, pois, assim como Romeu e Julieta, ela nos faz sonhar. Mas é apenas isso mesmo. Ela não me deixa mais apaixonada do que os vizinhos aqui da frente que bebem vinho até as 4h da manhã, enquanto cantam *Evidências* no *karaokê* – já até desisti de reclamar para o porteiro e, no fundo, acho até bonito. Acho real!

Senhor Darcy é um partidão, um cara muito bom e justo, enquanto a Lizzy era determinada, inteligente, e aposto que, em um mundo paralelo, no qual os livros continuam suas histórias, eles foram muito felizes, tiveram muitos filhos e morreram velhinhos.

No entanto, se eu os trouxer para a contemporaneidade, não consigo imaginá-los bebendo em uma balada, ou comprando comida chinesa, ou talvez escolhendo um filme e dividindo uma corrida de *Uber*.

Permaneço amando Jane Austen e considerando *Orgulho e preconceito* um primor da literatura inglesa, mas queria muito ler mais sobre casais que existem, sobre meus amigos e suas paixões, sobre mim e meus amores, sobre meus pais e meus avós. Afinal, há muita beleza em casais cotidianos, muito mais do que nos bailes de gala da província de Hertfordshire.

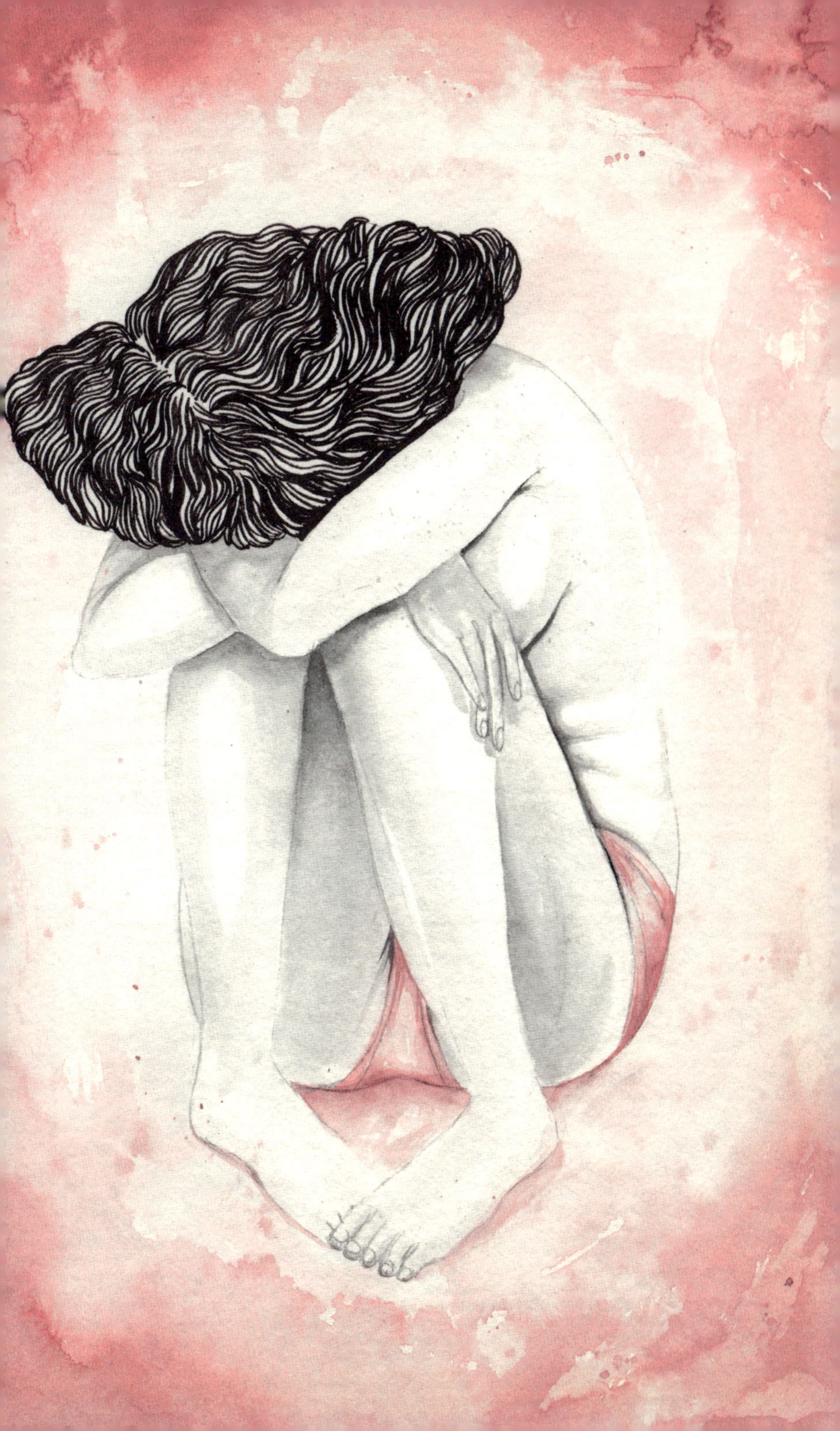

Não me
impressiono com
histórias de amor
que não são tão
reais assim.

23

Não se pode explicar o amor

Ainda bem

Eu falhei, eu confesso. Fato que ninguém é perfeito, eu sei, e não estou aqui para me vitimizar, mas admito que falhei, porque tive a pretensão de falar de amor. *Que bobagem!*

Ainda tão nova, amou tão pouco, e já querendo falar sobre isso – fui audaciosa demais. Talvez eu devesse ter começado mais cedo. Assim, teria feito somente uns catorze motivos para não se apaixonar. Ou, então, uns 23 motivos mesmo, mas, nesse caso, mudaria o tema para felicidade ou esperança. Mas amor? Quanta prepotência achar que assim, com alguns poucos anos e não muitos relacionamentos, conseguiria falar sobre algo tão grande.

De qualquer maneira, eu tentei e me arrisquei, e saúdo a coragem que tive. Afinal, não é fácil se expor assim, em tantas palavras, e ficar nua para quem quiser ver.

Falei o que deu na telha, tentei contar tudo que sabia sobre amar, mas no meio do caminho, lá pelo décimo segundo motivo, eu tinha me dado por vencida: amor não se explica!

Não adianta tentar, porque não se pode falar o que é o amor, como ele age e o que ele faz. Também não há artigo científico, poesia ou crônica que decifre esse sentimento, nada consegue ser tão grande como o amor é.

O amor não é um amontoado de hormônio, não é uma canção bonita e muito menos um carinho, ou talvez seja tudo isso junto. *Eu não sei.* Confesso que não sei explicar o amor, mas uma coisa eu sei: **amar**.

O amor não tá aí pra ser desvendado, porque ele simplesmente vem de mansinho e toma o espaço da sua vida sem pedir licença. De fato, ele é feito somente para se ter, e não é necessário nada além de um coração. Afinal, tem tanto amor e de tanto tipo: o amor-próprio, o da família, o dos amigos, o romântico, o de mãe – que é lindo! Também tem o amor ao trabalho, às coisas, aos bichos e aos ídolos. São diversos tipos de amor e, a gente, em vez de amar, perde tempo querendo explicar como se ama.

Assim, busca motivos para não amar, e depois busca motivos para amar de novo. Então, se machuca e se recupera, mas também acaba machucando alguém e se arrepende. Assim o caminho do amor anda, como uma montanha-russa, daquelas que dá um frio na barriga, e que você não sabe quando vai parar. O amor é mesmo doido por demais! Enfim, eu falhei, porque de fato não é possível explicar o que é amor, por mais que eu tente em mil textos.

Eu duvido até que Carpinejar, Neruda ou Drummond tenham achado palavras suficientes para destrinchar esse sentimento tão doido que a gente tem. Mesmo assim, sempre procurei uma palavra que fosse perfeita para colocar depois do verbo ser: O amor é... Lindo – muito sem graça. O amor é... Perfeito – não é verdade. O amor é... Justo – nem sempre.

Posso até não ter achado a palavra perfeita, mas finalmente entendi que apenas o verbo, já basta: o amor é.

Sigo otimista!

O amor não
existe para ser
desvendado, porque
ele simplesmente
vem de mansinho
e toma o espaço da
sua vida sem pedir
licença. De fato,
ele é feito somente
para se ter, e não
é necessário nada
além de um coração.

Agradecimentos

Muitas pessoas me ajudaram a escrever este livro. Ele não foi fruto de uma imersão calculada, mas, sim, consequência de inúmeras experiências bem vividas. Este livro é um novo capítulo na minha história.

O meu primeiro obrigada cheio de carinho é para todos os meus seguidores (que prefiro chamar de amigos em vez de fãs), vocês são peça chave pra realização de todos os meus sonhos, e eu sou muito grata por ter a confiança de vocês. Muito obrigada!

Agradeço à minha família, principalmente minha mãe, Juci, e meu irmão, Emmanuel, e minha cunhada, Edi, por acreditarem nas minhas loucuras, sem o apoio de vocês eu não seria nada, obrigada! Aproveito pra agradecer minha tia Silvana que tanto ensina sobre amor-próprio.

Agradeço ao meu parceiro de vida, Bryan, por ser meu primeiro leitor e por sempre criticar de maneira construtiva, sutil – mas eficiente. Este livro é praticamente teu. Minha maior inspiração.

Agradeço também a toda equipe da editora Planeta, em especial ao Felipe Brandão que viu de perto minhas noias e me deu segurança pra seguir firme no meu propósito com o livro. Obrigada também ao Ricardo Coiro por ter sido ponte e apoio num momento em que não estava mais acreditando que pudesse escrever.

Obrigada ao Nestor Junior, grande artista plástico Catarinense, cujo trabalho conheci tão nova e que me honra ilustrando meu livro, sinto que o trabalho ficou completo com a tua arte.

Obrigada a equipe Dia Estúdio por todo suporte, em especial ao Léo e à Tais que participaram de todas as minhas crises existenciais pré e pós livro.

Obrigada aos meus amigos queridos que me aguentaram falando do meu primeiro livro 24 horas por dia!

Obrigada aos meus avós, homenageados aqui, que já não estão mais neste plano, vocês me cuidam, eu sinto.

Gratidão à vida, a Deus, ao universo e ao Destino. Se de alguma maneira este livro chegou até você, me sinto grata! Obrigada, obrigada e obrigada!